오정희
吳貞姬

1947년 서울에서 태어나 1970년 서라벌예술대학 문예창작과를 졸업했다. 1968년 『중앙일보』 신춘문예에 「완구점 여인」이 당선되어 등단했으며, 1979년 「저녁의 게임」으로 이상문학상을, 1982년 「동경(銅鏡)」으로 동인문학상을 수상한 이래 동서문학상, 오영수문학상, 현대불교문학상 등 주요 문학상을 수상했다. 2003년에는 독일어로 번역 출간된 장편소설 『새』로 독일 리베라투르 상을 수상했는데, 이는 해외에서 한국인이 문학상을 받은 최초의 사례로서 한국 문학의 해외 진출사에서 매우 뜻깊은 사건으로 평가받는다. 저서로 소설집 『불의 강』 『유년의 뜰』 『바람의 넋』 『불꽃놀이』, 짧은소설집 『돼지꿈』 『가을 여자』, 장편소설 『새』, 동화집 『송이야, 문을 열면 아침이란다』를 비롯해 『내 마음의 무늬』 등 다수의 수필집이 있다.

새

오정희 컬렉션 | 장편소설
새

초　　판　1쇄 발행　1996년　6월 28일
초　　판 16쇄 발행　2008년　5월 21일
개 정 판　1쇄 발행　2009년 11월 26일
개 정 판　7쇄 발행　2015년 12월 24일
개정2판　1쇄 발행　2017년 12월 15일
개정2판　7쇄 발행　2024년　1월 22일

지 은 이　오정희
펴 낸 이　이광호
펴 낸 곳　㈜문학과지성사
등록번호　제1993-000098호
주　　소　04034 서울 마포구 잔다리로7길 18(서교동 377-20)
전　　화　02)338-7224
팩　　스　02)323-4180(편집)　02)338-7221(영업)
전자우편　moonji@moonji.com
홈페이지　www.moonji.com

ISBN 978-89-320-3064-7 04810
978-89-320-3059-3 (세트)

이 도서의 국립중앙도서관 출판예정도서목록(CIP)은 서지정보유통지원시스템 홈페이지(http://seoji.nl.go.kr)와 국가자료공동목록시스템(http://www.nl.go.kr/kolisnet)에서 이용하실 수 있습니다. (CIP제어번호: CIP2017031681)

이 제작물은 아모레퍼시픽의 아리따글꼴을 사용하여 디자인되었습니다.

새

오정희 컬렉션

장편소설

문학과지성사

차례

잠자는 우일이의 얼굴에, 빨간색과 파란색의 크레파스로 울긋불긋 그림을 그렸을 때 외할머니는 질겁을 하고 내 머리통을 후려쳤다.

이 망할 년, 잠든 사람의 얼굴에 그림을 그리면 잠든 사이 나들이 나갔던 혼이 제 몸을 찾아 돌아오지 못해 떠돌아다닌다는 걸 모르니?

엄마도 그랬나? 떠도는 혼을 찾아 나갔나?

꿈은, 몸 밖으로 나간 혼이 헤매는 길, 세상이라고 외할머니는 말했었다.

엄마가 집을 나가자 아버지는 우리를 멀리 외할머니 집으로 데리고 갔다. 오래오래 버스를 타고 기차를 탔다. 강물 위의 긴 다리를 건널 때 강물이 시퍼렇게 우우 일어서며 따라와 기차를

덜컹덜컹 흔들었다.

아버지는 우리를 외할머니 집 마루 끝에 앉혀놓고 곧 떠났지만 우리는 오래 그 집에서 외할머니와 함께 살았다.

외할머니는 밤에도 대문을 잠그지 않았다. 빗장을 지르지 않은 문은 작은 바람에도 '삐그덕' 소리로 젖혀지며 우리의 잠을 깨웠다. 외할머니는 한밤중에도 방문을 열고 시커먼 어둠뿐인 바깥을 향해 '에미냐, 정옥이 왔니?' 소리 죽여 가만가만 부르곤 했지만 우리는 그것이 바람 소리일 뿐이라는 것을 알고 있었다. 외할머니가 다시 방문을 닫고 긴 한숨으로 돌아누우며 미친 것들, 망할 것들 하고 웅얼거리는 나지막한 욕설을, 눈을 마알갛게 뜨고 들으면서 자는 체했다.

할머니가 세상에서 제일 무서워하는 것은 바람이었다. 바람을 맞으면 살도 피도 뼈도 혀도 차갑고 딱딱하게 죽어버린다고 했다. 죽은 나뭇가지같이 비틀린 팔과 다리를 늘어뜨린 채 양지쪽에 나와 앉아 지나다니는 사람들을 물끄러미 바라보는, 바람맞은 늙은이들은 무서웠다. 고개를 숙이고 뜀박질하듯 빨리빨리 그 앞을 지나쳐 한참 멀어진 뒤에도, 뒤를 돌아보면 뿌연 눈빛이 머리 뒤꼭지까지 바짝 따라와 있곤 했다.

외할머니는, 어린 사내아이 오줌에 담근 오리알을 먹으면 바람을 맞지 않는다고 믿었다. 그래서 새벽마다 우일이를 깨워 놋주발에 오줌을 뉘고는 거기에 하얗고 큼직한 오리알을 넣었다. 나는 외할머니가 이불을 젖히고 우일이를 일으켜 세울 때마다 잠 깨기 싫어 칭얼대는 소리에 눈이 떠졌다. 우일이는 잠에서 깨어나지 못해 눈 감은 채 팔다리가 축축 늘어졌지만 나는 외할머니가 조물조물 만지면 손가락처럼 가늘고 말랑한 우일이의 잠지가 끄덕끄덕 일어나 반짝 눈떠서 따뜻하고 노오란 오줌 줄기를 뿜어내는 것이 신기해서 열심히 바라보곤 했다.

외할머니는 오줌에 담갔다가 꺼낸 오리알을 열심히 먹었지만 빨래를 하다가 으어어, 하고 쓰러진 뒤 일어나지 못했다. 꽃눈 틔우는 봄날의 바람이 외할머니를 쓰러뜨렸다.

그 뒤로 우리는 외삼촌의 집으로 옮겨 갔다. 외숙모는 잠을 자지 못해 병이 났다. 우리가 외숙모의 잠을 쫓았다. 외숙모는 아침마다 토끼처럼 새빨개진 눈을 하고 미치겠어, 미치겠어, 큰 소리로 중얼거렸다. 우일이가 이불에 오줌을 쌌을 때에도, 내가 달력에서 예쁜 여자 배우들의 얼굴을 모조리 오려내었을 때에도 외숙모는 하루 종일 미쳤었다. 냄비도 프라이팬도 밥상 위의 그릇들도, 마룻장과 방문짝들도 미치겠어, 미치겠어, 큰 소리로 꽝꽝거렸고 막 말을 배우기 시작한 외숙모의 조그만 딸도 덩달아 미치겠어, 미치겠어, 혀 짧은 소리로 제 엄마의 말을 흉내 내었다.

외숙모가 매일매일 미치기 때문에 우리는 외삼촌의 집을 떠나 큰집으로 살러 왔다.

겨울이 지나고 봄이 지나고 여름, 가을이 지났다. 다시 겨울이 오고 봄이 오고 여름이 오고 가을이 왔다. 눈과 비와 바람과 햇빛이 엄마의 얼굴을 지웠다. 우묵한 눈자위와 불룩한 코의 자취도 스러지고 나지막한 한숨과 중얼거림, 머리숱이 좋아 아홉 가지 흉을 가릴 거라면서 내 머리에 한없이 빗질하던 손길도 차츰 사라졌다. 엄마의 얼굴은 뿌옇게 흐린 껍질 속으로 안타깝게 숨어버리고 삭지 않은 피멍으로 언제나 꽃이 핀 듯 울긋불긋하던 무늬, 엄마의 얼굴에 그려지던 그림만 남았다. 문득 훅 스쳐가는 친숙한 냄새, 희미하게 떨리는 가녀린 부름을 들은 것 같아 뒤돌아보면 햇빛, 바람, 엷어진 그림자 같은 것이 있었다. 누가 엄마의 얼굴에 그림을 그렸나? 슬픔의 그림을 그렸나?

겨울은 길고 추웠다. 눈도 내리지 않는 맵고 바람 센 날들이 계속되었다. 우리는 집 안에 갇혀 있었다. 아이들이 나와 놀던 공터에는 돌개바람에 휘말린 빈 비닐봉지와 휴지 조각들만이 사나운 흙먼지와 함께 피어올랐다.

큰어머니는 마당의 수도가 얼어 터질까 봐, 수도를 꼭지 부분만 남겨두고 우일이가 입던 노란 잠바로 꼭꼭 싸두었다. 그러고도 미덥지 않아 항상 물을 조금씩 틀어두었다. 사촌들은 우일이의 잠바를 입고 있는 수도를 가리키며 오줌싸개 우일이, 울보 우일이,라고 놀려대었다. 우일이의 잠바를 두르고 언제나 물을 흘리고 있는 수도는 마치 조그만 우일이가 마당 가운데 혼자 서서 울고 있는 것처럼 보이기도 했다.

졸졸 가냘프게 흘러내리는 물로 수돗가에는 날마다 조금씩 높아지는 얼음동산이 생겼다. 물은, 네모나게 턱을 높여 시멘트 바른 수돗가를 넘어 마당으로 번져 밤이 지나면 반들반들한 얼음판을 만들었다. 우리는 그곳에서 얼음지치기를 하며 놀았지만 큰어머니는 얼음 위에 연탄재를 부수어 덮고 꾹꾹 밟았다. 빨래하기 힘드는데 자꾸 옷을 버려놓을 작정이냐, 큰어머니가 말했다. 조금 지저분하지만 미끄러져 엉덩이뼈 부수는 것보다야 낫지,라고 말하기도 했다.

난방이 안 되는 목욕탕의 수도가 얼어붙어 세탁기를 쓸 수 없게 되자 큰어머니는 빨래함지에서 주물러 건져낸, 물이 뚝뚝 흐르는 옷가지들을 마당의 빨랫줄에 널었다. 빨래들은 이내 고드름을 매달고 빳빳이 얼어들었다. 큰어머니는 해가 진 뒤에도 자주 빨래 걷는 것을 잊어 우리의 옷가지들은 팔 벌리고 다리를 꺾은 우스꽝스러운 모습으로 밤새 빨랫줄에 매달려 우쭐우쭐 춤을 추거나 덜그럭덜그럭 뼈 부딪는 무서운 소리로 아, 춥다 춥다 떠들어대었다. 땅에 떨어져 있을 때면 죽은 것처럼 보였다.

겨울에 갇힌 것은 우리뿐만이 아니었다. 방학이 되었어도 사촌들은 날마다 학원이나 도장에 다니느라 바빴지만 큰아버지는 늦은 아침상을 물리고도 큰아버지의 일터인, 큰 길거리 귀퉁이의 '해송부동산 중개사무실'에 나가려 하지 않았다. 아랫목에 늘 깔려 있는 이불로 무릎을 덮고 오랫동안 신문을 보거나 텔레비전을 보았다. 한겨울에 집을 구하러 다니는 인간이 어디 있느냐고, 겨울을 넘기고 묵은 김칫독 파내어 씻을 무렵에야 경기가 풀리고 돈 구경을 하리라 했다.

아낙군수처럼 구들장 지고 방 안에 죽치고 있으면 밥이 생기나, 옷이 생기나. 노는 입에 염불이라고, 돈 없고 기술 없으면 다리품 말품이라도 팔아야지. 사내들이란 자고로 십 원 벌이를 하더라도 아침에 나갔다가 저녁에 들어와야 대접을 받는 거라오.

큰아버지는 큰어머니의 핀잔을 듣고서야 마지못해 따뜻한 아랫목에서 몸을 일으켜 꾸물꾸물 옷을 챙겨 입고 집을 나갔다. 사촌들과 큰아버지가 나간 집은 조용했지만 큰어머니는 “아이구, 정신 사나워. 지겨운 박가네 씨알머리들. 제발 숨 좀 쉬자” 하며 정말 누가 숨통이라도 틀어막는 듯 가슴을 불룩불룩 내밀고 방문과 마루문을 활활 열어젖혔다.

겨울이 되자 큰어머니의 걸음이 한층 바빠졌다. 저녁 설거지를 끝내기가 무섭게 큰아버지의 오리털 잠바를 입고 두터운 털 목도리를 두르고 시장통을 한 바퀴 돌아 들어와 가방 속의 돈을 풀었다.

못 해먹을 짓이야. 목돈 쓰고 푼돈으로 갚으면서도 아까워서 발발 떨고 우는 소리를 하지. 장사가 안된다고 전대를 긁으면서 목멘 시늉을 하니 원. 누군 흙 퍼다가 돈 만드나. 빌려준 내 돈 받으면서도 돌아나올 땐 강도짓 하는 것처럼 뒤꼭지가 따가워.

돌아와 가방을 열 때마다 큰어머니는 몸서리치는 시늉을 하고는 구겨지고 낡은 돈, 고춧가루 매운 내와 생선 비린내 나는 돈, 반들반들 기름기 묻은 돈과 울음으로 목메인 눅눅한 돈들을 한 장씩 판판이 펴서 고무줄로 동인 뒤 장롱 깊숙이 넣었다. 사람들은 큰어머니를 일수꾼, 일수쟁이 여편네라고 불렀다.

겨울방학이 끝날 무렵, 아버지는 우리를 데리러 왔다.

눈에 익은 작은 손가방과 얼룩덜룩한 포장지 꾸러미를 들고 벌컥 방문을 여는 아버지를 보았을 때 신문을 읽던 큰아버지는 돋보기를 벗으며 눈을 비볐고 큰어머니는 일수놀이 장부책을 탁 덮으며 에그머니나, 이게 누구야, 대문이 열려 있었나? 낮게 소리 질렀다.

우일이와 나는 따뜻한 방바닥에 엎드려 만화책을 보고 있었다. 벌써 몇 번이나 본 것이어서 건성으로 책장을 넘기며 지루하고 나른한 기분으로 창의 바깥쪽에 친 비닐이 바람에 펄럭이는 소리를 듣고 있었다.

시끄러워 정신을 차릴 수 없구먼. 골목 밖에까지 왕왕 울리더라구.

아버지는 방에 들어서는 길로 텔레비전 스위치를 눌러 껐다. 그제서야 우리는 텔레비전이 켜져 있었다는 것을 알았다.

아버지가 텔레비전을 끄자 갑자기 방 안이 조용해졌다. 문을 막아선 아버지의 땅땅한 몸피와 검게 번들대는 가죽 잠바에 묻어온 쇳내 나는 찬 공기는 스산히 저무는 오후 늦은 점심상의 묵은 김치 냄새와 담배 냄새로 절어 있는 방 안 정경을 남루하게 가라앉히며 단번에 방을 가득 채웠다. 아무도 텔레비전을 보고 있지 않았고 아무도 말을 하지 않고 있었음에도 불구하고 화면이 꺼지는 것과 함께 문득 감지된 그 침묵은 돌연하고 이상스러웠다. 정지된 화면처럼 큰어머니는 입을 벌린 채, 큰아버지는 안경을 벗던 손짓 그대로 우리의 등 뒤로 불투명하게 흐르던 오후의 흐름 속에 잠시 붙박였다.

기별도 없이 어쩐 일이냐고 큰아버지가 말했지만 그것은 괜한 말이었다. 아버지는 한 번도 오겠다는 전화를 하거나 소식을 전하는 일이 없었다. 언제나, 예기치 않은 순간에 느닷없이 방문을 열어젖히며 우리 앞에 모습을 나타내곤 했었다.

아버지는 크고 투박한 손으로 나와 우일이의 머리칼을 마구 흩뜨리며 잘 있었느냐, 아버지가 보고 싶지 않았느냐고 너털웃음을 쳤지만, 나는 얼굴이 빨개졌다. 잘 있었는지 아버지가 보고 싶었는지 나도 잘 알 수 없기 때문이었다.

나는 대답 대신 아버지가 마구 흩뜨려 흘러내린 머리칼 사이로 밖을 내다보았다. 열린 방문을 통해 마루 저편의 풍경, 미처

대문 밖에 내놓지 못해 마당 귀퉁이에서 차고 넘치는 쓰레기 더미를 헤집다가 재빠르게 달아나는 쥐를 바라보았다.

겨우내 먼 고장에서, 사역 나온 군인들과 죄수들을 부려 강물 가두는 일을 했다는 아버지의 얼굴은 검붉고 거칠게 변해 있었다. 아버지는 그것을 댐 공사라고 말했다. 커다란 돌덩어리들을 차곡차곡 쌓고 시멘트로 발라 튼튼한 둑을 쌓으면 길을 잃어 미친 강물은 몸부림치며 뒤집히고 때로 바람과 물이 어우러져 사납게 울부짖으며 둑을 무너뜨리기도 한다고 말했다.

아버지는 독한 소주 기운이 아니면 견뎌낼 수 없는 겨울 강의 어둠에 대해, 밤새 사납게 불어대는 바람과 어지러운 물에 홀려, 혹은 다이너마이트의 폭파음 속에 흔적 없이 사라지는 사람들에 대해 이야기했다.

죄수들이 그런 짓을 하지. 그자들은 겁이 없거든. 달 없는 밤에 물속으로 사라지는 거야.

아버지로부터 '죄수'라는 말을 들었을 때 차가운 쇠사슬을 발목에 감고 절그럭절그럭 강가에 닿는, 어둡고 무거운 그림자가 내 가슴에 내려앉았다. 스르르 소리 없이 물속에 잠기는 광경도 떠올랐다. 죄수들에게 쇠사슬을 채우느냐고 묻자 아버지는 하하 웃었다.

너는 만화책을 너무 많이 보는구나. 지금은 죄수들에게 쇠사슬을 채우지 않는다.

아버지의 말소리와 웃음소리는 크고 거칠었다. 벽과 지붕이 얇은 집을 우렁우렁 흔들었다. 우리를 방 안에 가두었던 겨울의 추위와 바람과, 갇혀서 미쳐가는 강물, 어둠의 공포와 싸운 목소리였다.

아이들을 데려가야겠어요. 방도 구해놓았고 참한 여자를 얻었어요. 형님 말씀이 옳았어요. 자식새끼 버리고 나간 여자야 그렇다 치고 저라도 이젠 맘잡고 남들처럼 살아봐야죠.

암, 그래야지. 제 자식은 제가 길러야지 언제까지 짐 보따리처럼 이 집 저 집에다 맡겨놓겠느냐.

큰아버지는 크게 고개를 끄덕였다.

아버지는 우리의 옷을 사 왔다. 우일이의 옷은 소매와 바지 아랫단을 세 번씩 걷어야 했고 내 옷은 팔목과 발목이 달랑 드러나게 작고 짧았다. 겨울 동안 나는 키가 부쩍 자랐지만 우일이는 조금도 자라지 않았다.

아버지는 언제나 먼 곳에서부터 돌아왔다. 계절이 바뀔 무렵의 어느 날, 우일이와 내 옷이 한 벌씩 든 꾸러미와 낯익은 손가방을 들고 문득 큰집의 대문을 들어서곤 했다. 아버지가 사 오는 옷은 매번 우리에게 너무 크거나 너무 작았다.

큰어머니는 다락에 기어올라가 한구석에서 먼지를 쓰고 있던 가방을 꺼냈다. 우리가 큰집으로 올 때 우리의 물건을 넣어 가져왔던, 자루 모양의 커다란 헝겊 가방이었다. 우일이는 아버지가 우리를 그 가방에 넣어 데려왔다고 했지만 그것은 맞는 말이 아니다. 그 애의 기억이란 온통 뒤죽박죽이고 거짓말투성이

여서 믿을 만한 것이 못 되었다.

큰어머니는 가방을 들고 마당으로 나갔다. 빗자루를 거꾸로 들고 탕탕 두들겨 가방의 먼지를 털었다. 두텁게 앉았던 먼지들이 구름처럼 피어올랐다.

큰어머니는 우리가 입던 옷가지와 함께 사촌들의 작아진 옷을 챙겨 가방에 넣었다. 가방이 통통하게 채워지기까지 시간은 오래 걸리지 않았다. 우일이가 텔레비전을 틀었다. 「우주소년 토토」를 시작할 시간이었다. 시계를 보지 않아도 우일이가 텔레비전을 트는 시간은 틀림없었다. 다섯 시. 우일이의 머릿속 시계는 언제나 똑같은 시각만을 가리키고 있나 보았다. 분침과 시침을 구분하지 못하고 시계를 볼 줄 모르지만 마루의 벽시계와 머릿속 시계가 겹쳐질 때면 절로 '빛의 아이 토토, 정의는 너의 것—' 하는 노래가 우일이의 귀에 울리며 어서 텔레비전을 켜라고 채근하는 것 같았다.

「우주소년 토토」는 우일이가 제일 좋아하는 만화영화였다.

토토는 우주를 떠도는 별과 별이 부딪쳐 폭발할 때 그 눈부신 섬광과 굉음 속에서 태어난 아이이다. '빛의 아이'라는 표식으로 머리 뒤쪽에 해무리처럼 희고 밝은 빛이 둥그렇게 드리워져 있다. 소리와 빛으로 태어날 때 토토는 빛나는 마법의 검과 영원히 죽지 않는 생명의 약속을 받았다. 그러나 그와 함께 눈물을 흘리면 죽는다는 경고도 받았다. 영혼을 받아 나오지 못했기 때문이다.

우주의 어두운 공간에는 악의 무리가 가득 차 있고 토토는 우주에 출몰하는 악의 무리, 파충류와 다족류의 괴물들, 머리와 심장이 수많은 나사못과 톱니바퀴로 이루어진 철인간들과 싸운다. 단지 반짝일 뿐인, 형체 없는 빛의 움직임도 있다. 그것들은 무리지어 흐르고, 때로 불꽃처럼 흩어지며 영롱하고 아름답게 반짝이지만 나는 그것이 악의 무리라는 것을 안다. 그것들이 춤추며 닿는 곳, 스쳐가는 곳마다 나무와 풀이 시들고 개울은 마르고 대지는 죽어가기 때문이다. 그것을 물리칠 수 있는 것은 마법의 검뿐이다. 마법의 검에 닿으면 빛나는 악의 무리들은 새까맣고 조그만 벌레가 되어 죽어버린다.

우일이는 바보다. 곧 3학년이 될 터인데도 아직 구구단을 못 외우고 국어책을 잘 읽지 못하지만, 그것 때문에 바보라고 하는 것은 아니다. 만화영화 속의 토토를 실제 우주에서 활약하는 아이라고 생각하는 것, 나아가 자기 자신도 언젠가는 토토나 슈퍼맨처럼 날 수 있으리라고 믿는 점에서 정말 어쩔 수 없이 한심한 바보다.

너희들 짐을 챙겨라.

만화영화가 끝나기도 전에 아버지는 우리를 채근했다. 우리의 짐이라곤 방학을 한 후 한 번도 열어본 적이 없는 책가방뿐이었다.

우일이는 화면에 눈을 준 채 아쉽게 일어섰다.

잘 가거라.

큰어머니는 우리에게 말했다. 나는 비로소 큰어머니의 눈을 처음 보았다. 큰집에서 살게 된 이래 큰어머니가 우리를 똑바로 바라본 적은 한 번도 없었다. 우리를 향해 "남의 바지 입고 똥 싼다더니, 내가 왜 남의 새끼까지 맡아 골병들어야 하니" 하며 꿍꿍 입안엣소리로 화를 낼 때면 무겁게 내리뜬 눈꺼풀 안에서 눈동자가 둔하게 움직이거나 눈 밑으로 불룩하게 늘어진 살이 푸르륵 떨곤 했을 뿐이다.

큰아버지는 우일이와 내 손에 천 원짜리 지폐를 한 장씩 쥐여 주었다. 방을 나오면서도 우일이는 텔레비전에 정신이 팔려 있어 손에서 돈이 떨어지는 줄도 몰랐다. 내가 방바닥에 떨어진 돈을 얼른 주워 우일이의 주머니에 넣어주었다.

사촌들은 태권도 도장과 컴퓨터 학원에서 아직 돌아오지 않았다. 그들이 있었다면 나는 아마 아버지에게 우리끼리 아주 멀리 살러 가는 거냐고, 진짜 우리 집으로 가는 거냐고 큰 소리로 물었을 것이다.

마당으로 내려설 때 큰어머니는 마루의 형광등을 켰다. 어둑신하게 잠겨들던 집 안이 우리의 등 뒤에서 갑자기 낯선 빛으로 밝아졌다.

우리의 옷가지로 채워진 커다란 헝겊 가방을 든 아버지의 뒤를 따라, 책가방을 메고 큰집을 나섰다. 연탄재를 버리러 나온 이웃집 아주머니가 우리를 물끄러미 바라보았다. 나는 고개를 쳐들고 그 앞을 지나쳤다. 누군가 우리를 보아주기를 바라는 마음과 아무에게도 보이고 싶지 않은 마음 중 어느 것이 진짜 내 마음인지 알 수 없었다.

책가방을 메고 해 질 녘에 집을 나서는 것은, 땅바닥에 길게 드리운 우리들의 그림자를 보는 것은, 어딘가 아주 먼 길을 떠나는 옛이야기 속 사람들의 모습을 그려볼 때처럼 호젓하고도 아득한 느낌을 주었다. 아버지는 예고 없이 들이닥쳤지만, 얘기책에서처럼 어느 날 이렇게 떠나라고 장중하고 비장하게 일러준 누군가의 목소리가 있어 나는 언제나 이런 날이 있을 줄 알고 있었고 그 부름에 충실히 따르고 있는 것 같았다.

골목을 벗어날 즈음 뒤를 돌아보았다. 방금 우리가 나온 큰 집은 보이지 않았다. 앞집에 가려져서 보이지 않는다는 것을 알면서도 나는 그 집이 어느 순간 사라져버린 것만 같이 생각되었다.

한 발씩 멀어지는 동안 그 집의 기억은 희미해지다가 빠르게 지워졌다. 그 집의 밤과 아침과 저녁이 사라지고 큰아버지와 큰어머니, 사촌들의 얼굴도 지워졌다. 큰아버지의 큼큼한 헛기침 소리, 퉁퉁대며 마루를 울리던 사촌들의 거친 발소리, 언제나 부엌에서 풍기던 신 김치 지지는 냄새와 그릇들이 부딪히는 덜그럭 소리들이 사라졌다.

아버지는 택시를 세워 우리를 태웠다.

택시는 해송부동산과, 큰어머니가 밤마다 한 바퀴씩 돌아오는 시장통과 우리가 다니는 학교를 지났다. 스러지는 햇빛을 받으며 태극기가 천천히 국기 게양대에서 내려오고 있었다.

학교를 지나면 낯선 길이다. 우리는 학교를 지나 더 먼 곳까지 가본 적이 없었다. 택시는 우리가 한 번도 가본 적이 없는 거리를 달렸다. 우일이는 창밖을 내다보며 조그맣게 「우주소년 토토」의 주제가를 불렀다.

빛의 아이 토토, 정의는 너의 것. 마법의 검으로 악의 무리를 무찔러라. 우주의 평화를 지켜라.

차창에 바짝 얼굴을 붙이고 낯선 풍경을 보느라 정신이 팔려 있는 내게 아버지는, 큰집 식구들이 보고 싶으면 언제든지 놀러 갈 수 있다고, 우리가 살게 될 곳은 큰집에서 그리 먼 곳이 아니라고 말했지만, 내가 그 집에 가는 일은 없을 것이다. 한번 떠나온 곳은 다시 갈 수 없다는 것을 나는 알고 있다. 외할머니의 집도 외삼촌의 집도, 그곳을 떠나온 뒤 한 번도 간 적이 없었다. 바보인 우일이도 그것은 알고 있다.

누나, 비밀 구멍에 구슬을 그대로 놓아두고 왔어. 다시 찾지 못할 거야. 그렇지? 응? 응? 응?

우일이가 내 귀에 대고 소곤거렸다. 장독대 뒤쪽, 굴뚝 밑, 마당의 그늘진 귀퉁이 등 눈에 띄지 않을 곳의 땅을 파고 묻었던 작은 물건들—잡지책이나 달력, 사진첩에서 오려낸 예쁜 여자들의 얼굴, 큰어머니의 브로치, 사촌들의 구슬과 딱지, 조그만 장난감들 따위—그것들을 다시 보는 일은 없으리라.

택시는 상가 건물들이 늘어선 시가지를 벗어나 아직 어둡지 않은데도 문 앞에 붉은빛 전구를 켠 작은 집들이 잇대어 있는 뒷거리를 지났다.

빛바랜 초록색 기와를 얹은 누런 건물 앞을 지나칠 때 아버지는 그곳이 역이라고, 서울에서 오는 기차의 종착역이라고 말했다.

아버지도 기차를 타고 왔나?

우일이가 묻자 아버지는 여기서 기차를 타고 서울로 가면 넓은 세상으로 가는 길이 얼마든지 있다고 대답했다. 역 건물로부터 개천을 끼고 두 줄의 선로가 멀리 산모롱이를 향해 곧게 뻗어 있는 것이 보였다. 이 세상의 어디로든지 갈 수 있는 길이라고? 나는 그 길을 향해 조그맣게 물었다.

우리가 살게 될 '새집'은 내가 한 번도 가본 적이 없는 낯선 동네에 있었다. 아버지는 큰길에서 한 차례 꺾어 들어가고도 언덕길을 한참 올라가 반쯤 열린 초록색 철대문 앞에서 택시를 세웠다.

다 왔다. 이 집이야.

아버지가 골목의 막다른 집을 가리키자 그 손짓에 딸려나오듯 열린 대문 안쪽으로부터 훌쭉하게 키가 큰 젊은 남자가 나왔다. 검은 양복 윗도리 안에 역시 목까지 올라오는 검정 스웨터를 받쳐 입은, 얼굴이 유난히 하얘 보이는 그 남자는 비껴 지나치다가 잠깐 걸음을 멈추고 유심히 우리를 바라보았다. 그와 눈이 마주치자 나는 책가방을 멘 우일이와 나, 울룩불룩한 헝겊 가방을 든 아버지의 모습이 갑자기 초라해 보이며 부끄러워졌다.

그가 지나치자 짙은 화장품 냄새가 훅 끼쳤다.

쳇, 기생오라비같이…… 핥아 먹은 죽사발 같은 낯반대기하곤……

아버지가 불현듯 어깨를 한껏 젖히며 앙다문 잇새로 나지막이 욕설을 내뱉었다. 남자도 화장을 하나? 나는 깜짝 놀라 코를 킁킁거리며 벌써 저만치 멀어져가는 그 남자를 뒤돌아보았다.

내 눈길을 끈 것은 그가 들고 있는 까맣고 길쭉한 가방이었다. 나는 아직까지 그렇게 부드러운 검은색의 예쁜 가방을 본 적이 없었다. 그 안에 들어 있을 어떤 물건도 상상할 수 없었다. 길거나 짧거나 둥글거나 딱딱하거나 물렁하다고 말해질 수 없는 것들. 어떤 소리, 어떤 냄새?

우리의 가방에는 책과 공책, 필통이 들어 있고 아버지의 가방에는 때 묻고 냄새 나는 속옷과 세면도구들이 들어 있다. 큰어머니의 큼직한 비닐 핸드백에는 구겨지고 더럽혀진 돈과 일수놀이 장부책이 있다.

닫힌 것은 항상 우리를 궁금하게 했다. 큰집에서, 아무도 없을 때면 우일이와 나는 지하실부터 다락까지 오르내리며 잠긴 것을 열고 묶인 것들을 모조리 풀어보곤 했었다.

그 집에서 우리가 열어보지 않은 문, 우리의 손이 닿지 않거나 알지 못하는 것은 없었다. 안방 장롱 깊숙이에는 큰어머니의 금반지가 있고, 큰아버지가 베고 자는 베개 속에는 세 발 달린 새의 그림이 그려진 부적이 숨겨져 있다. 부엌의 찬장 서랍에는 똥 못 누는 병에 걸려 늘 화난 얼굴을 하고 있는 큰어머니의 변비약과 말린 대추가 있고, 뒷마당 그늘진 곳에 묻은 독에는 몇 해를 두고 살과 뼈가 삭고 녹아 눈알만 새파랗게 떠 있는 구렁이술이 있다.

큰어머니는 비스듬히 내리뜬 눈으로 우리를 보며 '우리 집에는 커다란 쥐가 두 마리 살고 있지'라고 말하곤 했다.

우일이와 나는 자주 다락에 올라가 놀았다. 안방의 아랫목 쪽 벽 중간쯤에, 두 짝의 미닫이로 된 벽장문이 달려 있고, 그 문을 열면 다섯 개의 계단, 그 계단의 끝에 어슴푸레 떠 있는 공간이 나타난다. 묵은 잡동사니들이 가득 들어찬 다락의 어둑신함과 그 안에 서린 매캐하고 몽롱한 냄새, 모든 오래된 것의 안도감이 우리를 사로잡았다. 어둠과 먼지, 오래된 시간, 이제는 쓰일 일 없이 버려지고 잊힌 물건들 사이에서, 그 슬픔과 아늑함 속에서 우리는 둥지 속의 알처럼 안전했다.

제사가 든 날이면 큰어머니는 병풍과 돗자리, 제기(祭器)들을 꺼내기 위해 다락으로 올라갔다. 얇은 널쪽으로 된 층계는 큰어머니의 몸으로 꽉 차 무겁게 삐거덕거렸다. 큰어머니가 다락에 올라갈 때마다, 가랑이가 찢어질 거라든가 언젠가는 여기서 굴러떨어져 허리가 부러지고 말 거야,라고 겁먹은 얼굴로 불안스레 중얼거리게끔 계단은 위태롭게 가파르고 좁았지만 우리는 그 다락의 어둠과 먼지에 예민하게 길들여졌다. 한 번도 열

려본 적 없는, 찌든 때와 먼지로 흐린 작은 창문이 간신히 어슴푸레한 빛을 던져주었다. 사촌들이 어릴 적 갖고 놀았을 장난감이나 허섭쓰레기가 담긴 고리짝, 다듬잇돌 따위들로 가득 차 있는 다락에서 우리가 늘 들춰보던 것은 두꺼운 옛날 사진첩이었다. 사진첩 속의 사람들은 대부분 우리가 모르는 사람들이었고 겨우 짐작할 수 있는 것은 큰어머니와 큰아버지, 지금보다 훨씬 작은 사촌들의 얼굴뿐이었다. 그것도 확실하지 않았다. 옛날 사진 속에서, 아이들은 아이들끼리, 어른들은 어른들끼리 빛바랜 색으로 모두 비슷비슷했다. 모르는 사람들로 가득 찬 사진첩을 보면 우리가 살고 있는 집과 사람들의 오래된 규율과 질서와 우리가 스며들 수 없는, 우리를 거부하는 낯선 삶이 느껴졌다.

그래도 나와 우일이는 사진첩을 넘기며 젊은 여자의 얼굴이 나오면 오래 들여다보았다. 여럿이 찍은 사진이면 콩알보다도 작은 희미한 얼굴들을 하나하나 유심히 손가락으로 짚었다. 어린 아기를 안고 있거나 만발한 꽃나무 아래 함빡 웃는 표정으로 서 있는 젊은 여자의 얼굴들을 날카로운 칼로 오려내었다. 오려낸 조각을 들여다보노라면 때때로 엷은 막을 찢고 언뜻언뜻 보이던 기억 속의 얼굴이 환히 되살아나다가 사라졌다. 큰어머니가 다락에 갈무리해둔 북어쾌에서 북어 눈깔을 파먹고 미역 쪼가리들을 조금씩 뜯어 씹어먹으며 사진첩을 한 장씩 넘길 때마다 오랜 시간 천천히 삭아가는 종이의 먼지가 갈피갈피 피어올라 입안을 가득 채운 비릿하고 찝찔한 맛과 함께 아득하게 뒤섞였다. 어렴풋한 빛 속에 엎드리거나 앉아 있는 우리의 형체가 조금씩 허물어지고 부서지고 몽롱하게 풀렸다. 다락을 채우고 있던, 네모나고 둥그런 것들, 딱딱하고 물렁거리던 것들도 모두 사라졌다. 먼지 속에서 먼지처럼 소리 없이 떠오르고 고요하게 가라앉는 것들 속에서 누나? 우일이가 손으로 더듬어 찾듯이 나를 불렀다. 누나? 푸슬푸슬 부서져내리는 목소리로, 보이지 않는 곳을 향해 부르듯 안타깝고 아득하게 다시 나를 부르곤 했다.

우리는 우리의 손으로 오려낸 그 많은 얼굴들을 땅에 묻고 잊었다. 때문에 오래된 사진첩 속의 여자들은 얼굴이 없다. 그 사진첩들은 다락의 한구석에 처박혀 아무도 찾지 않는 것이어서 우리가 한 짓들이 탄로 나는 일은 없을 것이다.

우리가 대문 안으로 들어서자 시멘트를 바른 좁은 마당 귀퉁이, 수돗가에서 쌀을 씻고 있던 할머니가 돌아보았다. 키가 크고 뚱뚱했다. 회색 스웨터 안에 묵직하게 늘어진 젖가슴이 두드러졌다.

애들을 데려왔수?

빈틈없이 얽은 얼굴에 박힌 조그만 눈이 우리를 훑어보았다.

안집 할머니시다. 인사드려라.

아버지의 말에 나는 꾸벅 고개를 숙였다.

애들이 아직 어리구먼.

그래도 말썽이나 소란은 피우지 않을 겁니다. 아주 조용한 애들이에요.

아버지의 대답을 듣는 둥 마는 둥 안집 할머니는 대꾸 없이 뒤뚱걸음으로 앞장서서 담과 벽 사이의 좁은 마당을 걸어갔다.

셋방이라는 생각이 안 들 거야. 아예 세를 주려고 만든 방인 걸. 돌아앉아도 아주 홱 돌아앉아놔서 굿을 해도 모른다구. 부엌에 수도가 없는 게 하나 흠이지만 이만한 방 구하기도 쉽지 않아.

안집 할머니가 말했다. 뒤로 돌아가니 제법 넓은 마당이 나타났다. 안채와 나란히 두 개의 방이 붙어 있고, 기역자로 꺾여 역시 방인 듯 똑같은 밤색 나무문이 두 개 보였다. 마당을 가운데 두고 디귿자로 방들이 늘어서 있는 것이다.

안집 할머니가 그중 안채에 붙은 방의 문을 열었다. 문을 열면 부엌이고 부엌을 거쳐 방으로 들어가게 되어 있었다. 아버지의 뒤를 따라 들어가다가 나는 잠깐 귀를 기울였다. 어디선가 얇은 종이를 찢는 듯한 소리가 희미하게 들려왔다. 쥐인가? 내 말에 우일이가 고개를 저었다. 아니야. 새소리야. 나는 주위를 두리번거려 살폈다. 그러나 어둠발이 내리는 마당 어디에서도 새나, 새가 깃들 나무는 보이지 않았다.

할머니가 벽의 스위치를 올려 형광등 불을 켰다. 방은 그다지 넓지 않았지만 밝은색의 비닐 장판을 깔아 깨끗하고 환해 보였다. 창문도 커다랬다. 우일이와 나는 창문으로 밖을 내다보았다. 드문드문 켜지기 시작하는 시가지의 불빛이 보였다. 우리가 지나온 철길로 불 밝힌 기차가 달려갔다. 한없이 긴 몸체에 불빛을 달고 철길을 따라 멀어져갔다. 야아, 우일이가 한숨처럼 탄성을 내질렀다.

종일 도배를 하더니, 분통같이 환하구먼.

안집 할머니의 말에 아버지는 쑥스럽게 웃었다. 아버지는 우리를 데리러 오기 전에 먼저 이 방의 도배를 했는가 보았다.

짐을 들여놓은 후 아버지는 우리를 데리고 시장에 나갔다. 국밥으로 저녁을 먹은 뒤 장을 보았다. 분홍빛 구름 같은 이불을 사고 솥과 석유곤로, 도마와 칼을 샀다. 발이 세 개 붙은 플라스틱 둥근 상을 사고 붉은 고무장갑도 샀다. 아버지는 두툼한 지갑을 열어 아낌없이 돈을 썼다. 우일이와 나는 아버지가 지갑을 열 때마다 줄어드는 돈을 보며 안타깝게 한숨을 쉬었지만 아버지는 어깨를 으쓱이며 말했다.

걱정 마라. 아버지는 기술이 좋으니까 얼마든지 돈을 벌 수 있단 말이다.

연탄아궁이와 선반만 하나 달려 있을 뿐이었지만 석유곤로와 냄비, 도마 따위를 늘어놓으니 제법 부엌티가 났다.

아버지는 비닐 장판을 젖히고 방바닥 시멘트의 갈라진 금을 따라 단단하고 넓적한 테이프를 붙였다. 이미 늦은 밤이었는데도 연탄과 쌀을 배달시켰다. 쌀 포대는 방에 들여놓고 연탄은 부엌문 밖 처마 밑에 가지런히 쌓았다.

다음 날 아침 일찍 아버지는 집을 떠났다. 안집 할머니는 아버지가 색시를 데리러 갔다고 말했다.

늬들에게 엄마가 생기는 거지.

저녁 무렵 아버지는 정말 여자를 데리고 돌아왔다.

체크무늬의 커다란 트렁크를 든 아버지와 함께 온 여자는 눈썹이 까맣고 입술은 빨갰다. 황금색 머리털이 어깨를 덮고 출렁거렸다. 탤런트 같다. 우일이가 홀린 듯 그 여자를 바라보며 조그맣게 말했다. 정말 예쁘다, 그치? 우일이가 내 팔을 잡고 흔들었지만 나는 대답 대신 여자를 흘긋흘긋 바라보았다.

당신 자식들인가?

우리를 바라보며 여자가 말했다.

이젠 당신 자식이기도 하지. 우리 식구끼리 재미나게 사는 거야.

아버지의 말에 그 여자가 피식 웃었다.

재미나게? 어떻게?

그 여자는 우리를 바라보다가 방 안을 또 한 차례 휘둘러보며 가볍게 한숨을 내쉬었다.

아버지는 왠지 부끄러워하듯 쩔쩔매는 기색이었다. 얼굴이 벌겋게 달아오르며 느닷없이 큰 소리로 말했다.

착하고 불쌍한 애들이야. 이제 곧 좋은 집을 지어 편하게 살게 될 거야. 이래 봬두 이 박만식이가 그렇게 시시한 인간은 아냐. 한몫 잡아서 실컷 호강시켜줄 테니 나만 믿으라구. 쨍하고 해 뜰 날이 있을 테니.

박 기사를 한번 믿어봐? 돈벼락을 맞아봐?

그 여자가 아버지의 등을 치며 웃음을 터뜨렸다. 이제까지 아버지에게 그런 식으로 말하고 웃어댄 사람은 아무도 없었다. 아버지가 사납게 입을 앙다물고 단단한 주먹을 쳐들어 여자의 웃는 얼굴을 후려치는 광경이 떠올라 우리는 움찔 물러섰다. 그러나 그런 일은 일어나지 않았다.

날 우습게 보지 말라구. 난 한다 하면 화끈하게 하는 사람이야.

아버지는 허허 큰 소리로 웃고, 아버지의 웃음소리에 우리도 조마조마하던 마음이 놓여 따라 웃었다.

새엄마다. 엄마라고 불러라.

아버지가 내게 말했지만 나는 말없이 빤히 그 여자를 바라보았다. 무엇이든 나를 따라하는 우일이도 그 여자를 빤히 바라보면서 얼굴을 찡그렸다. 그 여자의 얼굴을, 우리가 오려내고 땅에 묻어버린 그 많은 얼굴들과 맞춰보려는 것임에 틀림없었다.

처음이니까 낯설어서 그래. 차차 좋아질 거야.

아버지가 한숨을 쉬었다.

아버지는 가죽 잠바 속의 어깨가 두툼하고 주먹 쥔 손은 거칠고 단단했지만, 늙었다. 귀밑머리가 희끗희끗 세어가고 있었다. 그 여자는 아주 젊었다. 그래서 아버지는 늙어 보였다.

그 여자는 아주 먼 곳에서 온 게 틀림없었다. 커다란 멋진 가방을 보아도 알 수 있었다. 우리도 우리의 모든 물건이 담긴 커다란 가방과 함께 먼 길을 지나 외삼촌의 집으로, 큰집으로 살러 갔었다.

그 여자의 가방에는 무엇이 들었나? 그 여자는 방의 윗목에 신문지를 깔고 다섯 켤레의 구두를 늘어놓았다. 빨강과 초록과 검정과 흰색 그리고 그 기막힌 은색의 하이힐. 단번에 방 안이 환해졌다.

도망가려고 구두를 많이 샀나? 내게 묶인 몸이라는 걸 잊지 마. 달아나면 그냥 두지 않을 거야. 나는 네게 내 전 인생을 투자했어.

아버지가 못마땅한 기색으로 구두들을 흘겨보았다. 무엇보다 우리를 흥분시킨 것은 새 텔레비전을 산 일이었다. 큰집의, 지익지익 소리나고, 화면이 늘 안개 낀 듯 흐릿하게 흔들려서 조바심 나고 안타깝게 하던 낡은 텔레비전에 댈 게 아니었다. 새 텔레비전 속의 사람들은 금방이라도 손 내밀고 걸어나올 듯 선명하고 생생하게 움직였다.

그 여자가 온 다음 날 아침, 우일이와 나는 마당에서 역기를 들고 있는 남자를 보았다. 추운 날이었는데도 그는 자줏빛 추리닝의 바지 자락을 무릎 위까지 걷어 올리고 러닝셔츠 바람으로 무거운 역기를 들어 올렸다. 이얏, 기합과 함께 역기를 머리 위로 들어 올리자 얼굴이 시뻘개지고 눈알이 튀어나올 듯 불거졌다. 어깨와 팔의 힘줄이 불뚝불뚝 사납게 튀어나왔다. 올림픽의 역도 선수처럼 두 팔을 들어 올린 채, 오른쪽 다리를 앞으로 굽히고 왼쪽 다리를 뒤로 뻗은 자세로 한참을 서 있었다. 팔다리의 살들이 푸들푸들 떨려 금방이라도 무거운 역기가 우리 머리 위로 떨어져내릴 듯 아슬아슬했다. 우일이와 나는 움찔하며 멀찌감치 물러섰다.

그는 역기를 내려놓고 휴우— 긴 숨을 토해냈다. 그러고는 우리들에게 손을 쑥 내밀었다. 킬킬 웃으며 뒤로 감추는 우리의 손을 억지로 잡아 세게 흔들었다.

엊그제 이사 온 꼬마들이구나. 한집 식구가 되었으니 잘 지내자.

그가 화물 트럭 운전사 이씨 아저씨였다.

우일이의 말이 맞았다. 우리가 이 집으로 오던 첫날 저녁 희미하게 들은 것은 새소리였다. 마당 건너 우리 방과 엇비껴 마주 보게 되어 있는 그의 방문이 열려 있었고 그 안에서 새소리가 시끄럽게 들려왔다. 방문 안쪽을 기웃거리며 들여다보자 그가 새장을 밖으로 내왔다. 가슴팍은 희고 등과 날개는 잿빛인 작은 새가 새장 쇠창살에 매달려 주둥이를 비비며 울고 있었다. 새장 안에는 소꿉놀이처럼 앙증맞게 조그만 좁쌀통과 야채통, 물통 따위가 있었다. 거울도 있었다.

친구하라고 놓아준 거야. 제 동무인 줄 알거든.

새는 거울에 비치는 제 모습을 부리로 쪼고 날개를 퍼덕이며 수선을 떨었다.

바보 새야.

내가 말했다. 새가 내 말을 알아들은 듯 점처럼 찍힌 동그란 눈으로 나를 빤히 바라보았다. 우일이도 둥그렇게 뜬 눈을 한 번도 깜짝이지 않고 새를 바라보았다.

내 마누라를 소개해야겠구나. 예쁘냐? 과부 새란다. 밤이면 님이 그리워 울고 아침이면 배가 고파서 울지. 나는 홀아비고 이 새는 과부니까 서로 짝이 맞는 거야. 이 새도 그걸 알지. 내가 없을 땐 외로워서 자꾸 울어대니까 새집에 검정 보자기를 덮어준단다. 그러면 밤인 줄 알고 언제까지나 잠을 자지.

그가 새장에 입을 갖다 대자 새는 부리로 그 입을 톡톡 쪼았다. 그의 두터운 입술이 간지럼 타듯 움찔대는 모양이 우스워 내가 히힛 웃자 그는 내 귀를 잡아당기며 말했다. 이게 사랑이라는 거야.

우일이가 새장의 창살 사이에 손가락을 넣자 새는 놀라 푸드덕거리며 달아났다. 아저씨는 처마에서 길게 늘어뜨린 철사줄에 새장을 걸었다.

땅바닥에 내려놓으면 자칫 쥐한테 잡아먹히거든. 새는 원래 천사나 신선처럼 하늘에서 사는 거잖니? 지저분하게 질척거리고 자기를 잡아먹으려는 나쁜 놈들이 우글거리는 땅 세상이 뭐가 좋겠니?

목을 길게 빼고 발돋움질을 했지만 키 작은 우리가 아저씨의 눈높이에 맞춰 허공에 매달린 새장 안을 들여다보기에는 어림없었다. 그래도 우일이는 좀체 그 앞을 떠나려 하지 않았다. 고개를 발딱 젖히고 위를 올려다보느라 커다란 머리통이 떨어질 것만 같았다.

보고 싶으냐? 새를 좋아하는 모양이구나.

아저씨는 담장 윗부분의 시멘트 벽돌을 몇 장 떼어냈다. 아저씨는 힘이 세었다. 손아귀에 힘을 주자 담장 벽돌은 소리 없이 떨어졌다. 벽돌들은 훌륭한 디딤돌이 되었다. 벽돌 위에 올라서자 내 몸도 허공에 붕 떠 있는 것처럼 새장 안이 환히 보였다.

주인 할마시가 알면 담을 헐어냈다고 난리를 치겠지만, 뭐 이런 집에 담 넘어 들어올 도둑이나 있겠니?

아저씨가 키 작은 우일이를 위해 담장에서 벽돌 한 장을 더 들어내며 씩 웃었다.

이 집에는 세 든 사람이 많았다. 하루 이틀 지나는 사이에 나는 똑같이 생긴 네 개의 밤색 나무문 안쪽에 각기 다른 사람들이 우리와 마찬가지로 세 들어 살고 있다는 것을 알게 되었다. 운전사 이씨 아저씨의 옆방에는 과자 공장에 다니는 문씨 아저씨 부부가 살고 안집에는 할머니와 함께 몸을 못 쓰고 누워 있는 딸 연숙 아줌마와 연숙 아줌마의 남편이 살았다.

공장집이라고 불리는, 아이가 없는 문씨 아저씨 부부는 아침 일찍 함께 공장으로 나가고 장거리를 뛴다는 이씨 아저씨는 이틀이나 사흘 만에 한 번씩 들어왔다. 우리 옆방은 사람 기척이 거의 없이 조용했다. 종일 연숙 아줌마의 방에서 들리는 라디오 소리와 이씨 아저씨의 방에 갇혀 있는 새소리, 안집 할머니가 수돗가에서 빨래를 하거나 푸성귀를 씻으면서 내는 물소리 따위만이 들렸다. 이사하고 여러 날이 지나서야 나는 우리 옆방의 주인을 처음 보았다. 검고 좁다란 얼굴에 앞머리를 길게 늘어뜨린 그는 안녕하세요, 옆방에 이사 온 박우미예요, 하는 내 인사에도 침울한 표정을 지은 채 고개만 조금 끄덕였을 뿐 좀체 말이 없는 사람이었다. 그가 지방으로 돌아다니며 물건을 파는 외판원 정씨라고 알려준 것은 이씨 아저씨였다. 무슨 장사를 하는지는 이씨 아저씨도 모르는 것 같았다.

집은 늘 대체로 조용한 편이었지만 이씨 아저씨가 돌아오면 지붕을 벗겨버린 것처럼 시끌벅적해졌다. 이씨 아저씨가 집에 있을 때면 이른 아침, 시끄럽게 울어대는 새소리와 으앗으앗 역기 소리에 잠이 깨었다. 우리 방문을 벌컥 열고 아버지에게 느닷없이 형씨, 신고식을 하시우, 한 것도 그였다.

우일이와 내가 잠자리에 들면 그 여자는 늦은 밤인데도 부엌에서 오래 물소리를 내며 세수를 했다.

무슨 놈의 집이 부엌에 수도도 없담, 양심에 철판 깔았어. 이러고도 돈을 받아먹다니. 요즘엔 아무리 콧구멍만 한 셋방이라도 입식 부엌과 더운물 쏟아지는 목욕탕과 양변기, 기름보일러는 기본이라구.

그 여자는 수건으로 얼굴을 문지르며 방에 들어올 때마다 빼지 않고 불평을 늘어놓았다. 그러면 아버지는 곧 근사한 집을 지을 거라고, 뜨거운 물이 하루 종일 쏟아지고 연탄 따위는 갈지 않는, 기름을 펑펑 때는 집을 지을 거라고 대답했다. 아버지는 우리에게도 물었다.

어떤 집에서 살고 싶으냐.

유리창이 커다란 집, 방이 많은 집, 이층집, 삼층집, 살고 싶은 집은 얼마든지 많았다.

오냐, 이층집도 짓고 삼층집도 짓고 둥그런 집도 네모난 집도 지어주마.

아버지는 마술사 같았다. 아버지의 커다란 손짓과 거침없는 대답에 따라 단박 그러한 집들이 눈앞에 나타났다. 당장이라도 문을 열고 들어가면 살 수 있는 높고 커다란 집과 그 앞에 스르르 멎는 번쩍번쩍하고 날씬한 자동차까지.

나는 이불 속에서 얼굴을 내밀고, 저녁 세수를 마치고 들어온 그 여자가 재빠른 손짓으로 갖가지 화장품병을 헷갈리지 않고 바꿔가며 닦고 문지르고 또 닦아내고 바르는 모양을 신기하게 바라보았다. 아버지는 베개를 가슴팍에 받치고 이불 속에 엎드려 담배를 피우며 그 여자를 바라보았다. 어서 자거라. 아버지의 말이 아니더라도 나는 언제나 그 여자가 화장을 마치는 것을 보지 못하고 스르르 잠이 들곤 했다. 아침에 눈을 뜰 때면 그 여자는 아버지의 단단한 팔뚝에 황금빛 숱 많은 머리칼을 마구 흩뜨린 채 몸을 뒤채며, 잠을 잘 못 잤다고 불평을 늘어놓았다. 머리가 아프다고, 아마 틀림없이 이 방에서 연탄가스 중독으로 죽어 나간 사람이 있을 거라고 말한 날, 아버지는 다시 한 번 장판을 젖히고 방바닥과 굽도리를 돌아가며 빈틈없이 테이프를 붙였다.

그 여자가 화장을 할 수 없다고 불평을 하자 아버지는 자개가 붙은 빨간 화장대를 사왔다. 아래에는 작은 서랍이 세 개나 달렸고 위에는 벌렸다 오므렸다 할 수 있는 길쭘한 삼면경이 달려 있었다. 조그맣고 앙증맞은 화장품병들이 화장대에 키 높이대로 가지런히 놓였다. 방 안이 밝고 아기자기해졌다. 화장품병들은 뚜껑이 꼭 닫혀 있어도 저절로 향기로운 냄새를 퐁퐁 뿜어대고 있는 것 같았다. 아버지는 아침마다 볼을 불룩하게 내밀고 거울 앞에서 면도를 하면서 휘파람을 휘휘 불었다. 우일이와 나는 이씨 아저씨의 바보 새처럼 화장대에 붙어 앉아 거울을 이리저리 움직이며 거울의 이음새 때문에 잘라지거나 삐뚜름히 어긋나 이상해 보이는 서로의 얼굴을 보며 깔깔대곤 했다.

거울이 흐려지면 슬픈 일이 생긴단다.

그 여자는 우리의 입김으로 얼룩지고 더러워진 거울을 깨끗이 닦았다.

그 여자는 매일 아침 열심히 화장을 했다. 화장을 하면 방 안에 은은히 화장품 냄새가 감돌았다. 그 여자가 만드는 음식, 퍼주는 밥에서도 화장품 냄새가 났다. 그 여자는 아버지를 아저씨라고 불렀고 아버지는 그 여자를 '너'라고 불렀다. 엄마라고 불러라, 아버지가 우리에게 말했지만 그 여자는 우리 엄마가 될 생각이 없나 보았다. 차라리 언니라고 불러라. 언니가 아닌데요? 네 엄마도 아니지. 그 여자는 깔깔 웃었다. 그 여자는 아주 잘 웃었다. 저녁을 먹고 난 후 나란히 이불 속에 다리를 묻고 앉아 텔레비전을 볼 때 아버지가 그 여자의 가슴이나 다리 사이에 손을 넣고 간지럼을 태우면 솜털이 파르르 일어서듯 높은 소리로 자지러지게 웃었다. 우리도 덩달아 웃음이 나왔다. 나도 우일이의 간지럼을 태웠다. 내가 겨드랑이와 발바닥을 간질이면 우일이는 온몸을 동그랗게 접고 미친 듯 웃으며 이불 속으로 숨었다.

눈먼 굼벵이, 팽이, 털북숭이 강아지, 솜방망이야.

이불 속에 숨어 조바심치듯 빠르게, 혹은 느릿느릿 능청 떨며 움직이는 아버지의 손길이 닿을 때마다 그 여자는 몸을 뒤틀고 킬킬대며 말했다. 아버지는 간지럼 태우는 손을 멈추지 않고 대답했다.

솜방망이인지 쇠절굿공이인지 단단히 맛을 봬주지.

나도 이불 속으로 달아나는 우일이를 쫓아가며 말했다. 눈먼 굼벵이, 털북숭이 강아지, 솜방망이야.

만화방에서 늦게 돌아오니 부엌 바닥에 신발들이 어지러이 늘어져 있고 방에 손님들이 들어차 있었다. 고기 굽는 냄새와 담배 연기가 자욱했다. 이씨 아저씨와 문씨 아저씨 부부, 거의 얼굴을 볼 수 없었던 정씨 아저씨 그리고 안집 할머니까지 있었다. 아버지가 신고식을 하는 것이라고 했다. 앞치마를 두른 그 여자가 우리를 안집 할머니와 아버지 사이에 끼워 앉혔다. 눈자위가 불그레했다. 상에는 고기가 구워지고 있는 불판과 빈 소주병 맥주병이 여럿 있었다. 안집 할머니는 술에 취해 노래를 불렀다.

병풍에 그린 닭이 꼬끼오 울면 오시려나아, 군밤에 싹이 나면 그제야 오시려나아. 눈물이 진주라면 눈물이 진주라며언 님 오시는 날 내 눈물로 진주 방석을 엮어드리련마는……

형씨는 복도 많으십니다. 정씨나 나 같은 홀아비도 있는데 저렇게 젊고 미인인 부인을 얻었으니 미안한 마음도 들겠습니다?

이씨 아저씨의 말에 아버지는 너털웃음을 쳤다. 이씨 아저씨는 얼굴이 새빨개지도록 취했다. 그는 맞은편에 앉은 문씨 아저씨를 가리키며 내게 물었다.

얘, 이 사람, 남자냐 여자냐? 솔직히 말해봐라. 애들 눈은 정직하다구.

남자잖아요?

나는 무슨 말인지 몰라서 되물었다. 문씨 아저씨의 눈살이 꼿꼿이 섰다. 말없이 이씨 아저씨를 노려보았다.

봐라, 수염 없는 남자도 있니?

이씨 아저씨가 문씨 아저씨의 잠바 앞섶에 손을 대고 벗기려는 시늉을 했다. 문씨 아저씨는 성이 난 듯 그 손을 사납게 뿌리치며 나가버렸다.

정말 상종 못 할 무례한 인간이야!

아줌마도 성난 표정으로 따라 나갔다.

남자는 남자라도 앉아서 오줌 누는 남자야.

뒤에 대고 이씨 아저씨가 커다랗게 말했다. 술을 받아서 몰래 상 밑의 그릇에 붓던 정씨 아저씨도 어느 결에 슬며시 나가 돌아오지 않았다.

오는 사람 막지 않고 가는 사람 잡지 않는 게 내 인생철학이야.

이씨 아저씨는 아버지의 잔에 술을 가득 부었다. 아버지는 기분이 좋았다. 우일이에게도 술을 먹였다.

술은 어른 앞에서 배워야 하는 거야. 남자라면 술도 먹을 줄 알아야지.

한 모금 삼키고는 오만상을 찌푸리는 우일이를 보고 모두들 손뼉을 치며 웃었다.

할머니, 물값 불값 똥값 좀 내리시오. 방세가 너무 비싸요. 나는 있으나 마나 한 뜨내기 홀아비인데 살림하는 사람들과 똑같이 내라 하니 공평치 못해요. 각 집마다 메타를 달면 되잖아요?

이씨 아저씨가 안집 할머니에게 말했다.

똥구멍에다 메타를 달아?

안집 할머니가 흥, 코웃음을 쳤다. 똥구멍에 메타를 달아? 술에 취한 우일이가 흉내 내며 새빨개진 얼굴로 깔깔 웃었다.

술 취해 울던 안집 할머니는 밤늦게 사위에게 이끌려 돌아갔지만 이씨 아저씨는 남아 있었다. 붉어진 눈으로 그 여자를 유심히 쳐다보며 말했다.

아줌마, 처음 본 사람 같지 않네. 인상이 좋아서 그런가? 혹시 날 본 적 있지 않소? 정말 현대적 미인이셔. 내가 관상을 좀 볼 줄 안단 말씀이야. 아줌마 얼굴이 평생 손에 물 안 묻히고 신발에 흙 안 묻히고 살 상이야. 저 귓불과 콧방울이 얼마나 탐스럽나? 용하다는 관상쟁이들 다 엉터리야. 관상을 제대로 보려면 손금도 보고 족상도 보고 뭐 거시기까지 봐야 한다는데.

깔깔대고 웃던 그 여자는 이씨 아저씨가 손금을 보아주겠노라고 손을 잡자 새침한 낯으로 아저씨의 손을 탁 뿌리쳤다. 아버지는 허허 웃었다. 나는 고기를 너무 먹어서 배가 터질 것 같았다. 우일이는 어느새 윗목에서 꼬부리고 누워 잠이 들어 있었다. 하품이 나오고 졸음이 쏟아졌다. 우일이의 곁에 눕자 스르르 눈이 감겼다.

무언가 깨지는 소리에 잠이 깼다. 그릇과 술병들이 너저분하게 널린 상이 윗목으로 치워져 있고 이씨 아저씨는 보이지 않았다. 아버지가 그 여자의 머리채를 휘감고 얼굴을 때리며 앙다문 잇새로 나지막이 내뱉고 있었다.

네 근본을 알아본 거야. 사내들 앞에서 아직도 꼬리를 쳐대?

그 여자의 입술이 터져 피가 흐르고 뺨에 시퍼렇게 손자국이 났다. 꿈인가? 나는 몸을 동그랗게 한껏 오그리고 눈을 꼭 감았다. 숨소리도 죽였다. 우일이가 덜덜 떨며 내 몸에 바짝 달라붙었다. 눈을 꼭 감고 끄윽끄윽 목구멍 막히는 소리로 속삭였다. 글쎄 똥구멍에 메타를 단대. 웃긴 말이야. 정말 웃긴 말이잖아? 우스워 죽겠어. 누나도 그렇지……?

나는 무서웠지만 터질라, 터지면 어쩌나, 하마하마 위태롭게 부풀어오르던 풍선이 더 이상 견디지 못하고 마침내 탁 터져버려 두렵고 불안한 기다림이 마침내 끝났을 때의 이상한 안도감이 느껴졌다. 아버지가 그 여자를 때린 것은 처음이었는데도 그것은 이미 보았던 장면처럼 익숙하고 친숙했다. 그 여자의 자지러질 듯 숨넘어가는 웃음 속에서, 아버지의 단단한 주먹 속에서, 팔뚝에 흩어진 황금빛 머리털에서, 여자가 밤 화장을 끝내기를, 그리고 우리가 잠들기를 기다리던 아버지 눈 속의 의심 많고 어리석은 열기 속에서 자라나던 것들.

아버지는 오래 집에 있었다. 내가 기억하는 한 아버지가 그렇게 오래 우리와 함께 지낸 것은 처음이지 싶었다. 겨울의 끝은 지루하게 길고 추웠다. 우리는 새 동네에서 동무를 사귀지 못했다. 아이들은 꼭꼭 숨어 있었다. 그 여자는 자주 한숨을 쉬었다.

나를 이런 구석에 처박아두고…… 답답하고 심심해서 못 살겠어.

아버지는 여자를 데리고 자주 집 밖으로 나갔다. 영화 구경을 하고 밤늦게 돌아오기도 했다. 우일이와 나는 거의 매일 만화방에 가거나 오락실에 갔다. 아버지는 돈을 잘 주었다. 돈을 아주 많이 벌어왔기 때문이다. 우리는 만화방의 만화책들을 모조리 읽어치웠다. 아버지와 그 여자가 밖으로 나가면 우리는 으레 그 여자가 들고 온 트렁크를 열어보곤 했다. 머리를 맞대고 들여다보며 안의 물건들을 모조리 꺼내 보았다. 얇고 부드러운 속옷을 코에 대고 킁킁 냄새를 맡아보고 그 여자의 구두를 신고 방 안에서 돌아다녔다. 그 여자가 오기 전에 감쪽같이 그대로 해놓아 그 여자는 아무것도 눈치채지 못했다.

징역살이지 뭐야. 전화도 없고……

그 여자의 말에 아버지는 전화를 놓았다. 전화기는 우일이가 골랐다. 자동차 모양으로, 헤드라이트에 빨간 불이 들어오면서 따르릉따르릉 벨이 울리게 되어 있었는데 우리에게 전화가 오는 일은 거의 없었다. 어쩌다 전화가 오면 우일이와 나는 서로 받으려고 몸싸움을 벌였지만 아버지는 팔이 길었다. 전화벨 소리가 두 번도 울리기 전에 수화기를 들고는 그런 사람 없어요, 하거나 말없이 수화기를 내려놓으며 잘못 걸린 전화라고 말하곤 했다.

나는 심심하면 안채의 연숙 아줌마에게 놀러 갔다.

우리가 이 집으로 들어오던 첫날 대문에서 마주친 남자는 연숙 아줌마의 남편이고 이 도시의 가장 크고 화려한 술집 밤무대에서 클라리넷을 불었다. 아줌마는 아저씨가 음악가, 예술가라고 했지만 다른 사람들은 딴따라 김씨라고 불렀다. 방의 한편에는 이사 오던 첫날 보았던 까만 가죽 가방이 있었다. 내가 그것을 가리키며 무엇이 들어 있느냐고 물었을 때 연숙 아줌마는 세상에서 가장 아름다운 소리를 내는 악기인 클라리넷이 들어 있다고 말했다. 나는 연숙 아줌마가 쉽게, 아무렇지도 않게 그 안에 든 것의 이름을 말하는 것에 깜짝 놀라는 마음이 되었다. 왠지 그 안에는 그렇게 쉽게 말할 수 있는 것, 알 수 있는 것이 들어 있어서는 안 될 것 같았다. 클라리넷? 처음 들어보는 그 말을 되받아뇌이자 목 안쪽 어딘가에 은빛의 섬세한 사슬이 걸리는 것 같았다.

아줌마의 방 벽은 온통 사진으로 장식되어 있었다. 면사포를 쓴 결혼식 사진, 아저씨의 등에 업혀 간지럼 타는 표정으로 웃고 있는 신혼여행 때의 사진, 수영복을 입은 사진 등…… 물론 아프기 전의 모습들이었다.

아줌마와 아저씨는 안집 할머니가 원앙 금슬이라고 말하는 것처럼 사이가 좋았다. 아저씨는 저녁 무렵 출근을 할 때까지 대부분 연숙 아줌마 곁에 붙어 있었다. 낮에도 나란히 이불을 덮고 같이 잠을 자거나 연숙 아줌마의 귀를 후벼주고 손발톱을 깎아주고 머리를 빗겨주고 과일을 깎아주었다. 내게도 친절했다. 늘 누워만 있어야 하는 아줌마에게 자주 놀러 와 친구가 되었으면 좋겠다고 했다.

아줌마는 어두운 것을 무서워했다. 때문에 김씨 아저씨는 일 나가기 전 아무리 해가 밝을 때라도 꼭 방의 형광등을 켜두곤 했다. 아줌마의 방에는 밤새도록 불빛이 환했다.

연숙 아줌마는 구름 박사이다. 구름을 하늘 나그네라고 말한다. 아줌마가 하는 일은 종일 드러누워 라디오를 들으며 유리창 밖의 하늘을 바라보는 것뿐이다.

아줌마는 마법에 걸린 공주처럼 누워만 있었다. 마법의 저주가 아니라면 멀쩡한 사람이 하루아침에 드러누워 꼼짝도 못 하게 될 리가 없을 것이다. 안집 할머니의 말을 빌리면, 연숙 아줌마가 병신이 되어 늘 자리에 누워 있는 것은 전생의 죄가 많은 탓이란다. 볕 잘 드는 마당을 놔두고 왜 하필 지붕 위에다 고추를 널었겠는가.

아줌마는 사다리를 타고 지붕 위에 올라가 고추를 널다가 굴러떨어져서 며칠 동안 열을 내며 정신을 잃고 앓다가 그 뒤로 기동을 하지 못한다고 했다.

처녀 때는 얼마나 이뻤다구. 김 서방이 목을 매고 달려들었지. 즈이 오라비들이 딴따라가 웬말이냐구 몽둥이찜을 하기도 했지만 막무가내였지. 어린애도 아닌 다 큰 처자가 뭣에 놀라 지붕에서 떨어졌을꼬.

안집 할머니가 한숨을 쉬며 누구나에게 하는 말이었다. 그러다가 말끝에 불끈 화가 치솟아, 그렇지만 두고 보라지. 하루아침에 누워버렸듯이 하루아침에 벌떡 일어나 걷는 것을 봬주고야 말 거야,라고 씨근거리며 삿대질을 하듯 말하곤 했다.

안집 할머니 말이 거짓말은 아닐 것이다. 신부 화장을 하고, 구름 같은 드레스를 입고 화관을 쓴 결혼식 사진은 정말 공주 같았다. 우일이라면 얼굴을 오려내고 싶어 할 것이다. 그러나 지금 아줌마에게는 그 예뻤던 흔적이 없다. 고무 인형처럼 살이 찌고, 너무 오래 누워만 있어서 납작하게 달라붙은 뒷머리가 보기 흉하다. 안집 할머니가 '연숙아' 하고 부를 때의 그 애잔하고 정겨운 목소리에서나 젊고 예뻤던 시절, 이러한 날이 오리라고는 꿈에도 모르던 날들을 어렴풋이 떠올릴 수 있을 뿐이다.

새 학기가 시작되던 날, 아버지는 가까운 곳의 학교에 우일이와 나를 데리고 가서 전학 수속을 마쳤다. 나는 5학년 3반이고 우일이는 3학년 1반이 되었다. 담임인 여선생님은 내게, 눈이 아주 예쁘구나, 했다. 그것은 특별한 말이었다. 큰어머니는 내가 빤히 쳐다보면, 니 눈깔이 나를 죽일 거야,라고 말하곤 했었다.

아버지는 집을 떠났다. 큰 건물을 짓는 공사장이 있는 먼 고장으로 떠난 것이다.

딴눈 팔지 마. 이번 공사만 끝나면 면사포를 씌워주지.

아버지가 떠나면서 그 여자에게 다짐한 말이었다.

그 여자는 아침마다 화투로 재수점을 쳤다. 방은 외풍이 세어 커다란 솜을 두르고 앉아 화투장으로 둥그렇게 원을 만들기도 하고 두 줄로 나란히 늘어놓거나 커다란 삼각형 모양으로 엎어 놓고는 하나씩 젓혔다. 둥그렇게 원형으로 늘어놓은 화투장들은 춘향이가 갇힌 감옥이어서 그 옥문이 활짝 열리면 운수 대통이라고 내게 말하기도 했다.

뭐가 떨어지면 젤로 좋아요?

솔이 떨어지면 소식이 오고 오동이 떨어지면 돈이 생기고 비는 근심, 매화는 님이야. 매화하고 오동이 같이 떨어지면 최고지. 님과 돈처럼 좋은 게 어디 있니?

실망스럽고 짜증나는 표정으로 끊임없이 화투장들을 뒤섞고 갖가지 모양으로 늘어놓다가 솔과 오동과 매화가 떨어지면 그

제서야 얼굴이 환하게 밝아졌다.

그 여자는 어디론가 늘 전화를 걸었다. 신새벽에 그 여자의 전화 소리에 잠이 깨기도 했다.

창살 없는 감옥이야. 늑대를 피하려다 호랑이를 만난 꼴이지. 그 노가다가 꼼짝 못 하게 해. 금송아지를 끌고 와서 면사포를 씌워주겠대. 그 불곰이 미련떨 땐 무서워. 할 수만 있다면 나를 오색실에 꿰어 허리춤에 차고 다니고 싶다나? 사랑? 사랑 좋아하네. 주민등록증도 뺏고 주지 않아. 아들 하나 낳아주기 전엔 도망갈까 봐 마음이 안 놓인대. 아들이 있긴 한데 좀 부실하거든.

이른 아침에도 늦은 밤에도 전화는 한없이 길었다. 울 듯한 목소리로 답답하다, 외롭다,라고 했다.

그 불곰이 날 죽이고 말 거야. 날 풀어주겠다고 삼 년 동안 공사판에서 뼈 빠지게 번 돈을 내놓을 때 진작 미친놈이란 걸 알았어야 했는데……

나와 우일이는 잠이 덜 깬 눈을 비비며 혹은 상머리에서 숟갈질을 멈추고 그 여자를 물끄러미 바라보았다. 불곰, 노가다가 아버지를 가리키는 말이라는 것을 알았다.

아버지는 토요일이면 어김없이 집에 돌아와 하룻밤을 자고 다시 떠났다. 아버지가 오면 전화는 딱 끊겼다. 아버지가 간지럼을 태우면 그 여자는 여전히 자지러지는 소리로 깔깔 웃었다.

아버지의 얼굴은 더욱 검게 타고 머리칼은 누렇게 바랬다. 봄

별과, 먼 대륙으로부터 불어오는 누런 모래바람에 눈을 뜰 수 없다고 말했다.

아버지는 벽과, 둥글고 높은 지붕이 온통 유리로 된 커다란 교회를 짓고 있는 중이었다.

유리에 부딪는 햇빛 때문에 눈이 멀어버릴 것만 같아. 유리가 훤히 다 비치니까 새들은 유리벽이 있다는 걸 모르고 신나게 날다가 머리를 부딪치고는 떨어지지. 거기선 발에 밟히는 게 머리가 깨져 죽은 새들이야.

왜 지붕을 유리로 만들어요? 밤이 되면 무서울 텐데.

우일이가 묻자 아버지는 하하 웃었다.

기도할 때 눈을 뜨는지, 졸고 있지나 않은지, 헌금을 얼마나 하는지 하나님이 다 지켜보려는 거지.

아버지는 집을 떠나서도 거의 매일 밤 집에 전화를 했다. 벨이 울려도 이제 우일이와 나는 몸싸움을 벌이지 않았다.

그 여자는 가끔 우리를 데리고 나가 스낵집에서 돈까스나 떡볶이를 사주었다. 양파와 당근을 다져 넣고 노오랗게 달걀을 씌운 위에 케첩을 꽃 모양으로 끼얹어 잔뜩 모양을 낸 오므라이스를 만들어주기도 했다. 우리를 물끄러미 바라보다가 '늬들 팔자나 내 팔자나……' 하며 한숨을 쉬기도 했다.

그 여자는 잠에서 깰 때면 늘 여기가 어디지? 하고 묻는 듯 낯설고 어리둥절한 표정으로 방 안을 휘둘러보고 우리들을 바라보았다. 간혹 기분이 좋으면 내게 말해주었다. 남자들의 마음에 드는 법이나 화장하는 법에 대해. 남자들의 눈길을 끄는 법에 대해.

너도 커서 처녀가 되겠지. 남자들이 여자들에게서 바라는 것은 단 한 가지뿐이야. 남자와 여자는 서로 원하는 게 달라. 그게 모순이고 비극이지. 여자는 사랑을 원하지만 남자들은 육체만을 원해. 여자들이 아무리 옷을 잘 차려 입어도 남자들은 옷 속의 발가벗은 몸만을 꿰뚫어 본단다. 네가 크면 다 저절로 알게 될 거야.

누군가 배워주지 않아도 저절로 알게 되는 것들. 나는 혼자 있을 때면 그 여자의 말을 떠올리며 바지를 무릎까지 내려보거나 윗도리를 목까지 올려보기도 했다. 남자들 앞을 지나갈 때면 그들의 눈빛으로 옷이 한 겹씩 활활 벗겨지는 듯 얼굴이 달아오르기도 했다.

늦추위에 얼음이 든 연탄은 화덕 속에서 독한 냄새를 풍기며 팽창했다. 부푼 연탄은 화덕에서 빠지지 않거나 위아래가 서로 붙어 떨어지지 않았다. 맞붙어 떨어지지 않는 연탄을 떼어내려고 부지깽이나 식칼로 내리치다가 그 여자는 얼굴을 일그러뜨리며 아아, 이 웬수,라고 내뱉었다. 간혹 수돗가에서 빨래를 하며 안집 할머니에게 하소연을 했다.

내가 이 나이에 남의 자식 치다꺼리나 하며 살겠어요? 놀아도 놀아도 아까운 세월은 가는데 돈이 있나, 집이 있나. 금송아지 묶어둔 것처럼 큰 소리 탕탕 치며 꼬시는 말에 속아서 따라

왔지만…… 청춘이 아까워요.

노류장화 인생이 별수 있을까. 늘그막을 생각해야지, 청춘은 금방 가는 거야.

아이들이 조금도 곁을 주지 않아요. 계집애 쪽이 더해요. 물과 기름 같다니까요.

불과 물보다야 낫지. 그것들은 서로 잡아먹거든.

난 재네들 아버지도 무섭고 애들도 무서워 견딜 수 없어요.

싫은 것보다 더 몹쓸 일이 무섬을 주는 거야.

알 수 없는 일이다. 아버지는 그 여자를 딱 한 번 때렸을 뿐이고 우리는 그 여자가 무서워할 아무 짓도 저지르지 않았다. 그 여자는 우리보다 키도 훨씬 크고 힘도 세다. 하지만 우리가 종이 인형처럼 가만히 있어도 외숙모는 매일매일 미쳤고 큰어머니는 우리 때문에 자기가 명대로 못 살고 지레 죽을 거라고 겁을 먹지 않았던가.

봄비가 내리는 일요일 날, 우리는 해바라기 모종을 심었다. 연숙 아줌마의 병에 해바라기씨가 좋다는 말을 듣고 연숙 아줌마의 남편이 종묘상에서 사 온 것이다. 연숙 아줌마의 남편과 이씨 아저씨와 공장집 부부까지 나와 마당이 그득해졌다. 언제 돌아왔는지 아무도 모르게 기척이 없던 정씨 아저씨도 마당의 소란에 비죽 얼굴을 내밀다가 밖으로 나와 대뜸 삽자루를 잡았다.

담장 안쪽에 빽빽하게 자라 노랗게 꽃 피우려는 개나리를 뽑아버리고 그곳에 조그만 구덩이들을 파서 어린 모종을 한 그루

씩 심었다. 그 여자의 황금빛 머리털에 이슬비가 맺혀 보오얀 베일을 두른 것 같았다. 뿌리를 조심스럽게 두 손으로 싸안아 흙 속에 묻으며 봉숭아 모종을 얻어다 심던 어릴 때가 생각난다고, 봉숭아를 심어 내게도 봉숭아 꽃물을 들여주겠다고 약속했다. 우일이와 나는 움푹 파인 구덩이에 모종 대신 발을 넣고 흙을 덮었다. 나무처럼 가만히 서서 봄비를 맞았다. 비를 흠뻑 먹어 부드럽고 축축한 흙이 꼬물꼬물 발가락 사이를 간질여 뿌리가 돋아나는 것 같았다.

어른들도 우리처럼 맨발로 흙을 묻히고 다녀 시멘트 마당이 온통 흙 밭이 되었다. 어른들이 바짓가랑이를 둥둥 걷고 비를 맞으며 흙발로 절벅거리는 것이 큰 농사라도 짓는 것처럼 야단스러웠다. 추리닝을 걷어 올린 허벅지까지 흙투성이가 된 이씨 아저씨가 안집 할머니에게 말했다.

오랜만에 흙 맛을 보니 살 것 같네. 할머니, 이참에 아주 마당 시멘트 걷어내버리고 밭을 만듭시다. 배추도 심고 고추도 심고…… 농사는 내가 자신 있어요. 이래 봬도 촌에서 똥장군도 졌었다구요.

시멘트 독에 땅이 썩었어요. 이렇게 땅심이 없어서야 고추 농사는 어림없어요. 거름해내고 한 이태 묵히면 모를까……

정씨 아저씨가 흙을 한 줌 떠올려 비비며 고개를 흔들었다.

아유, 아냐. 이씨는 언제나 말만 앞서지. 내 보기에 진짜 농사꾼은 정씨야. 삽자루가 그냥 척 안기던걸. 흙에 삽날 박히는 게 다르더라구. 정씨는 고향이 어디유?

한껏 기분이 좋아진 안집 할머니가 정씨 아저씨에게 물었다.

저어기, 아랫녘이에요. 할머니 말씀대로 천상 농사꾼이지요. 거기 있었더라면 지금쯤 거름을 내고 모판을 만드느라 눈코 뜰 새가 없겠지요.

그런데 왜 객지밥을 먹고 다니누.

안집 할머니의 말에 정씨 아저씨는 이 세상에 사연 없는 사람이 있나요, 하며 씁쓸히 웃었다.

안집 할머니는 돼지고기를 굽고 소주를 사서 한턱냈다. 가을이 되어 해바라기씨가 까맣게 영글고 우리 연숙이가 벌떡 일어나는 것을 보면 원이 없겠다고, 그 자리에서 죽어도 좋겠다고, 소주 기운에 취한 안집 할머니는 또 눈물 바람을 했다.

그 여자는 밤 화장도 하지 않았다. 황금빛 머리털 밑으로 새까만 머리털이 자라나왔지만 염색을 하지 않았다. 언제나 입술만 빨갛게 발랐다. 시름없이 하늘을 바라보는 일이 잦았다.

담장 밑의 해바라기가 부쩍 자라 제법 넓은 잎들이 피어날 무렵 그 여자는 집을 나갔다. 아버지가 다녀간 다음 날이었다. 학교에서 돌아와 보니 방 바깥쪽 처마 밑에 쌓았던 연탄 더미가 무너져 발 디딜 데가 없었다. 골목길에도, 변소로 가는 길에도, 마당과 부엌에도 그 여자의 발자취를 따라 연탄 가루들이 어지럽게 찍혀 있었다. 윗목의 트렁크와 하이힐들이 보이지 않았다. 화장대 위의 화장품도 없어졌다. 고운 먼지가 앉은 화장대에 화장품들이 놓였던 자리마다 동그랗고 네모나게 흔적이 남았다. 바닥에 조금 남은 빨간 매니큐어병과 화투갑만 있었다. 그 여자는 무너진 연탄을 다시 쌓아야 하는 것, 발자국마다 시커멓게 묻어나는 연탄 가루들을 견딜 수 없었던 것일까.

부모덕 없는 것도 팔자란다. 사람이 아무리 애를 써도 팔자 도망은 못 하는 법이다. 애초에 들어앉아 살림하고 애 기를 여자가 아니었어. 나는 첫눈에 알아봤지.

안집 할머니가 한 말이었다.

우일이는 자꾸 방 안을 둘러보았다. 매니큐어병의 뚜껑을 열고 냄새를 맡기도 했다.

도둑년이야.

내 말에 우일이가 고개를 흔들었다.

훔쳐간 건 아무것도 없어. 자기가 갖고 왔던 것만 가져갔어.

그 여자가 훔쳐간 것은 아무것도 없었다. 만 원짜리, 천 원짜리 그리고 동전까지 화장대 서랍에 넣어두었다.

부엌에는 그 여자가 입던 앞치마와, 고무장갑이 벌린 손 모양 그대로 찬장 위에 걸쳐져 있었다. 나는 물끄러미 그것을 보았다. 그것들은 살아 움직이는 것 같았다.

그 여자가 집을 나갔다는 것은 밤이 되기 전에 세 든 사람들 사이에 쫙 퍼졌다. 모두들 와서 부엌과 방 안을 휘둘러보았다. 이불 속에 숨었다고 생각했는지 공연히 개켜둔 이불을 들춰보기도 하고 찬장이나 화장대 서랍을 열어보고 코를 킁킁대기도 했다. 아무도 그 여자가 잠깐 볼일 보러 외출했을 거라든가 곧 돌아올 거라든가 하는 말을 하지 않았다.

나는 그 여자가 벗어두고 간 앞치마를 두르고 너무 커서 팔꿈치까지 올라오는 고무장갑을 끼고 쌀을 씻었다. 맑은 물이 될 때까지 쌀을 씻어 밥솥에 안친 뒤 손등이 덮일락 말락 하게 물을 붓는 것, 끓기 시작하면 불을 줄여서 밥물을 넘기지 말아야 하고 솥 밑에서 쪼작쪼작 소리가 나면 불을 한껏 줄여 뜸을 들여야 한다는 것을 안집 할머니에게서 배웠다.

꼬마 엄마로구나.

빈방을 휘휘 둘러보며 공장집 아줌마가 쯧쯧 혀를 찼다.

연탄불은 진작 꺼져 있어 방바닥이 차가웠다. 이불을 방 안 가득 차게 펴서 깔았다. 꽃밭처럼 환하고 화사했다. 우리는 이불 위에 밥상을 놓고 밥을 먹으며 텔레비전을 보았다. 내가 설거지를 하려고 고무장갑을 끼자 우일이가 말했다.

쳇, 잘난 척하고…… 누나는 그 여자가 아냐.

나는 우우 손을 벌리고 우일이에게 달려들었다. 달아나던 우일이가 돌아서서 고무장갑 한쪽을 벗겨 빼앗았다. 한 짝씩 나눠 쥐고 서로 후려쳤다. 벽을 치고 서랍장을 쳤다. 우리는 아무 소리도 내지 않았다. 소리 내지 않고 웃기, 소리 내지 않고 울기. 어떠한 경우에도 소리 내지 않는 것이 우리를 지키는 한 방편이 된다는 것을 알고 있었다. 전화벨이 울렸다. 우리는 깜짝 놀라 그대로 멈춰선 채 전화기를 바라보았다. 벨소리가 열 번도 더 넘게 울린 후에 전화를 받았다. 아버지의 목소리가 전화기 가득 차게 왕왕 울렸다.

엄마 바꿔라.

없어요.

다 늦은 밤에 어딜 간 거냐? 가게에 나갔니?

배가 아파서 약 사러 갔어요.

생각지도 않던 말이 나도 모르게 튀어나왔다. 우리는 푹신한 이불 위에서 꼬마 도깨비처럼 뛰다가 지쳐서 쓰러져 잠이 들었다.

나는 철물점에 가서 자물쇠를 샀다. 새것이라 반짝이는 것이 기분 좋았다. 이씨 아저씨가 부엌문에 달아주었다. 이제 우리 외에 누구든 벌컥 문을 열거나 함부로 드나들 수 없는 방이 생긴 것이다. 제 손으로 잠그고 열 수 있는 열쇠를 갖는 것은 어른이 된다는 뜻이라고 공장집 아저씨가 말해주었다.

아버지는 아침 일찍, 밤늦게 전화를 했다.

술을 먹으러 다니냐, 춤을 추러 다니냐? 도대체 어디를 돌아다니는 거냐?

없어요, 모르겠어요.

수화기를 통해 씨근벌떡한 숨소리를 들으며 우리는 겁에 질려 대답했다.

여느 때처럼 토요일 저녁에 돌아온 아버지는 그 여자가 나가버렸다는 것을 알고도 화를 내거나 고함을 지르지 않았다. 그 여자의 흔적이 사라진 방 안을 망연히 둘러보며 '찾아서 데려와야지', 한마디 했을 뿐이었다. 아버지는 여느 때와는 달리 아주

힘이 없어 보이고 그 힘없어 보이는 것이 무서웠다.

나는 밥을 짓고 찌개를 끓이고 프라이팬에 간고등어를 튀겨 밥상을 차렸다. 그 여자가 하던 것처럼 앞치마를 두르고 고무장갑을 끼고 설거지를 할 때 아버지는 나지막한 목소리로 그것을 벗어라, 하고 말했다. 새벽에 얼핏 잠을 깨었을 때 이불도 펴지 않고 벽에 기대앉은 채 담배를 피우고 있는 아버지를 보았다. 방 안 가득 자욱한 담배 연기 때문에 숨이 막혔다.

—무거운 트렁크를 들고 달아나는 그 여자의 뒤를 아버지가 쫓아가고 있다. 아슬아슬하게 거리가 좁혀지자 그 여자는 빨간 구두를 던진다. 아버지가 있는 곳이 불바다가 된다. 불에 갇힌 아버지는 온몸에 붙은 불을 간신히 끄며 빠져나와 다시 여자를 쫓아간다. 여자의 긴 황금빛 머리털을 움켜잡으려는 순간 여자는 재빨리 파란색 구두를 던지고 시퍼런 강물이 아버지의 앞을 막는다—

아침, 잠에서 깨었을 때도 아버지는 여전히 벽에 기대앉은 채 담배를 피우고 있었다. 아버지의 눈에는 벌겋게 핏발이 서 있었다. 시종 아무런 말이 없었다. 나는 꿈을 꾸었을 뿐이라는 것을 알면서도, 무서워서 견딜 수 없다던 그 여자의 말이 떠올라 가슴이 후드득 뛰었다. 아버지는 그 여자를 죽일 거야. 우일이가 겁에 질린 표정으로 내게 소곤거렸다.

미니슈퍼 2층에 교회가 생겼다. '예루살렘 교회'라는 현판이 붙고 밤이면 지붕 위의 커다란 십자가가 붉은빛을 내뿜었다. 개척 교회라고도 하고 천막은 없지만 천막 교회라고도 불렸다. 새벽이면 잠결에 교회의 차임벨 소리를 들었다. 밤 예배에 모여드는 사람들이 외치고 몸부림치는 통곡과 기도 소리가 밖에까지 크게 들렸다.

예수의 이름으로 명하노니 일어나 걸어라.

사탄아 물러가라.

젊은 전도사의 성난 외침이 골목 안에 쩌렁쩌렁 울렸다.

우리 전도사님이 40일 금식 기도 끝에 신유의 은사를 받으셨어요. 예수님도 광야에서 40일 동안 기도를 하시면서 마귀와의 싸움에서 이기셨잖아요? 한번 안수기도를 받도록 해보세요. 믿음을 갖고 매달려보세요. 영혼과 육신이 구원받을 거예요. 겨자씨만 한 작은 믿음만으로 산도 옮겨 놓을 수 있다고 하지 않습니까?

교회에 다니는 여자가 찾아와서 할머니에게 말했다. 안집 할머니는 입을 비쭉이며 픽 콧방귀를 뀌었다.

병 고치는 전도사면 서양 무당이구먼. 그렇게 중생을 사랑하면 애초 병신을 만들지 말 일이지. 기도해서 나을 일이면 이 세상 천지에 앉은뱅이 절름발이 소경들이 어디 있겠수? 일없수. 우린 조상 대대로 불도를 크게 받들던 집안이라우. 두 귀신이 겨을 서면 더 큰 동티가 난다는구먼.

안집 할머니는 해바라기씨가 까맣게 영글 가을을 기다리는 것일 게다.

부엌 정리를 깨끗이 했다. 살림살이는 모두 새것이어서 소꿉놀이를 하는 것 같았다. 방 청소도 했다. 화장대를 옮길 때 화장대 뒤에서 그 여자의 스타킹 한 짝을 찾아내었다. 비질을 하자 먼지와 뒤엉킨 황금색 긴 머리카락이 쓸려 나왔다. 나는 잠깐 그것을 바라보다가 쓰레기통에 넣어버렸다.

아버지는 오지 않았다. 나는 매일매일 우일이와 단둘이 산다. 우리가 맘대로 볼 수 있는 텔레비전이 있고 우리의 손으로 열고 잠글 수 있는 열쇠가 있다. 우일이와 내가 각각 하나씩 나눠 가진 열쇠로 문을 잠그거나 열 때 나는 남이 엿볼 수 없는, 마음 속에 소중하고 아름다운 상자를 간직한 것 같은 느낌을 맛본다. 나는 연탄을 갈 때 독한 가스 냄새에 캑캑 숨 막히는 소리를 내어보고, 도마질을 할 때 전혀 그렇게 생각지도 않으면서 짐짓

아아, 이 웬수라고 그 여자의 말투를 흉내 내어 말해본다. 그러면 우일이는 이상한 표정으로 나를 물끄러미 바라본다.

공장집 아줌마는, 애들이 너무 풀기가 없어 애처롭다고 한다. 우리를 보는 눈빛이나 목소리가 노상 축축하다. 공장에서 만드는 튀김과자 부스러기를 비닐봉지에 담아 갖다 주기도 하고 반찬도 나눠 준다. 그러나 아줌마가 갖다 주는 음식은 맛도 냄새도 조금 이상한 것 같다. 아마 이씨 아저씨로부터 그들이 여자들끼리 여보 당신 하면서 사는 '동성연애자'라는 말을 들었기 때문일 것이다. 좀체로 안을 보여주는 일이 없는 그 방의 문틈으로 새어 나오는 불빛도, 수런수런 들리는 말소리도 수상하고 비밀스럽다.

연숙 아줌마는 내가 책임감이 강하고 착한 아이지만 앞으로는 더욱 동생을 잘 돌보아야 한다고 말한다. 나는 우일이가 내 아기 같은 생각이 들 때가 있다. 그 여자가 분홍빛 이불 속에서 아버지의 머리칼을 쓰다듬으며 하던 말을 흉내 내서 착한 아가야,라고 부르고 싶어질 때가 있다.

나는 밤마다 우일이에게 구구단 외우기와 받아쓰기를 시킨다. 자기 전에 이 닦기와 발 닦기를 명령하고 목의 때를 잘 닦았는지 검사한다. 내가 내준 숙제를 하지 못하면 손바닥을 맞아야 한다. 나는 누나지만 엄마이고 선생님이기도 하고 그래서 그 애를 책임져야 하는 것이다. 그러나 나는 가끔 밥상의 다리가 세 개인 것에, 밤에 보는 거울에, 텔레비전의 화면이 시커멓게 사라지는 것에 느닷없이 가슴이 후드득 뛰고 불안해지기도 한다.

누나? 우일이가 나를 흔든다. 들리지? 밤에 부는 바람은 모든 잠든 것들의 꿈을 어지럽게 흩뜨린다. 불을 끄면 숨죽이고 있던 온갖 소리가 스멀스멀 살아난다. 이씨 아저씨가 없는 빈방의 검정 보자기 속에서 눈 뜨고 우는 새소리, 벽 저쪽에서 희미하게 들리는 소리 죽인 흐느낌과 중얼거림. 우일이는 벽에 귀를 바짝 붙이고 말한다. 벽이 울어, 누나. 들어봐. 정말이라니까.

곰순이가 우리 집에 왔다. 커다란 곰순이를 안고 오는데 사람들이 자꾸 쳐다보는 것 같아 멋쩍기도 하고 조금 으스대는 기분이 들기도 했다.

우리 반 아이들은 모두 마흔다섯 명인데 곰순이까지 마흔여섯 명이다. 곰순이는 몸뚱이는 하얗고 입과 눈 주위만 까만 커다란 팬더곰 인형이다. 선생님은 아침마다 마흔다섯 명의 이름을 부른 뒤 꼭 '곰순이' 하고 마흔여섯번째 출석을 확인한다. 처음에는 멋쩍고 유치해서 킥킥 웃었지만 이제는 아무도 웃지 않는다. 곰순이의 이름을 부르면 모두 '네' 하고 대답한다. 아침에 학교에 오면 누구보다도 먼저 교실 맨 끝자리에 앉아 밤새 빈 교실을 지키며 쓸쓸하게 지낸 곰순이에게 인사한다. 마흔다섯 명의 아이들과 마흔여섯 마리의 곰이 있는 것이다. 그래서 우리

반은 5학년 3반이지만 보다 더 곰순이네 반으로 통한다. 우리들이 떠들거나 숙제를 안 해올 때, 싸움을 할 때 선생님은 곰순이한테 부끄럽지도 않니? 하고 말한다.

토요일 오전 수업이 끝나면 번호 순서대로 곰순이를 초대하도록 되어 있다. 곰순이가 초대받은 손님이 되어 아이들의 집으로 따라가는 것이다. 선생님은 월요일 아침이면 곰순이를 데려간 아이에게 곰순이와 지낸 얘기를 발표하게 한다.

초대받은 곰순이는 피자와 햄버거를 먹고 어린이대공원으로 놀러 가고 극장에도 간다. 실내 수영장에도 간다. 잠을 자지 않고 밤새도록 집 안을 돌아다녀 애를 먹이기도 한다. 맛있는 음식을 너무 많이 먹어 배탈이 나서 병원에 가서 주사를 맞기도 한다. 어떤 남자아이는 곰순이와 같이 침대에서 잤다고 해서 여자아이들이 끔찍하다는 표정을 지었다. 목욕을 시키려고 세탁기에 넣고 돌렸다는 한 아이의 말을 듣고는 모두 비명을 질렀다.

이번에는 내가 곰순이를 초대할 차례가 된 것이다. 우일이와 나는 방 안을 깨끗이 치웠다. 구석구석 걸레질까지 했다. 곰순이와 나란히 앉아 텔레비전을 보고 숙제를 했다. 곰순이는 심심하고 지루하다는 표정이었다. 저녁을 먹을 때도 라면 세 그릇이 놓인 밥상을 멀거니 바라보기만 했다.

다른 집에서 좋은 걸 많이 먹어봐서 이런 건 못 먹겠다는 거니? 우린 엄마 아빠도 없고 가난하기 때문에 널 호강시킬 수 없어.

우리는 모른 체하고 우리끼리 맛있게 먹었다. 밥투정을 하면 굶기는 것이 상책이다. 밤에는 나란히 누워 잠을 잤다. 곰순이가 이불 속에서 울었다. 배가 고프다고 했다.

시끄럽게 굴면 때려줄 테야. 내쫓을 테야. 난 시끄러운 걸 못 참아. 혈압이 오른다구.

나는 곰순이를 쥐어박았다. 곰순이는 소리 내지 않는 법을 배울 것이다. 남의 집에서 살아가려면 어떻게 해야 하는지도 배우게 될 것이다.

아침에 우일이는 이불을 젖히며 얼굴을 찡그렸다.

곰순이가 오줌을 쌌어. 냄새나고 더러워.

이불을 뜯어 빨아야겠네. 아이구, 지긋지긋해. 정말 미치겠다구. 내 새끼들 시중도 힘들어 죽겠는데 왜 남의 새끼 치다꺼리로 골병들어야 하지?

나는 곰순이의 머리통을 후려쳤다. 곰순이는 뻔뻔하게 나를 멀뚱멀뚱 바라보았다.

그렇게 빤히 보면 어쩌겠다는 거야? 니 눈깔이 나를 죽이고 말 거야.

나는 소리치고 눈을 흘겼다.

곰순이의 배를 갈라보자고 말한 것은 우일이다.

나는 가위로 곰순이의 배를 갈랐다. 심장도 허파도 위장도 창자도 없었다. 더럽고 냄새나는 시커먼 헌 솜뭉치와 스펀지 조각, 자투리 헝겊 따위가 빼곡 배를 채우고 있었다. 우일이와 나는 그것들을 하나하나 자세히 살펴보았다. 킁킁 냄새도 맡아보았다.

수영을 하고 햄버거를 먹고 피자를 먹었다구?

우일이와 나는 하하 웃었다. 끄집어냈던 것들을 텅 빈 배 속에 다시 집어넣었다. 굴러다니는 토막 연필과 크레용도, 밥상에 흘린 라면 가닥도 넣었다. 다른 아이들은, 아니 다른 바보들은 곰순이 배 속에 무엇이 들었는지 꿈에도 모를 것이다. 나는 바늘로 터진 배를 찬찬히 다시 꿰맸다. 곰순이가 아야아야, 우리가 무서워 조그맣게 울음소리를 내었다.

다음 날 학교에 갔을 때 한 아이가 찢어지는 비명을 질렀다.

누가 우리 곰순이 배를 찢었어요. 배를 갈랐어요.

다투어 곰순이의 배를 살펴본 아이들이 모두 비명을 질렀다.

나는 선생님 앞에 불려 나갔다.

어떻게 된 일이냐? 네가 초대한 손님에게 무슨 일이 생긴 거냐?

곰순이가 배가 아파서 병원에 데려갔어요. 맹장 수술을 받은 거예요.

너는 우리 반 모두의 친구 곰순이를 소중하게 다루지 않았다. 왜 그랬지? 곰순이는 소중히 여기고 사랑해야 하는 우리들의 친구다. 나는 너희들이 곰순이를 통해서 서로 존중하고 사랑하는 마음을 배우기를 바랐다.

나는 책상을 뚫어지게 바라본다. 헝겊 인형일 뿐이라는 것을 알면서도 왜 이런 따위 바보 같은 연극을 해야 하는지 웃음이 터질 지경이지만 꾹 참는다. 야단을 맞거나 매를 맞을 때 나는 눈에 띄는 것 중 한 가지만을 뚫어지게 본다. 그러면서 나는, 나 자신이 지금 바라보고 있는 책상이나 의자, 꽃병, 날아다니는 파리,라고 생각한다. 그것들은 얼굴이 빨개지거나 매에 대한 두려움으로 비굴하게 부들부들 떨지 않는다.

나는 책상이다. 나는 의자다. 창밖의 나무다. 아무것도 아니다.

그 여자가 부엌 구석에 처박아놓았던 감자에서 싹이 났다. 감자는 쭈글쭈글하게 말라 쪼그라들었지만 툭툭 불거진 눈에서 자줏빛 줄기가 싱싱하게 솟고 잎이 피었다. 검정 비닐봉지 속에서 통통하고 미끌미끌하게 몸부림치듯 얽혀 있는 감자 줄기는 징그럽고 무서웠다. 살아서 구물구물 움직이는 것 같았다. 그 여자가 감자볶음을 만들고 남겼거나 사놓고는 잊어버린 것일 게다. 황금색 머리털이 떠올랐다. 얼굴은 생각나지 않았다. 우리가 오려내고 묻었거나 버린 얼굴처럼. 우일이와 나는 그것을 오랫동안 들여다보았다.

그때 있던 거야.

나도 알아.

우일이의 말에 나는 쌀쌀하게 대답했다. 우일이는 언제나 '그

때는……'이라고 말한다. 우일이는 어제와 그저께, 오늘 내일이라고 말할 줄 모른다. 오직 '지금'과 '그때'라고 말한다. 나도 그 애의 말버릇을 닮아 무심결에 '지금' '그때'라고 말한다. 부쩍부쩍 키가 자라는 해바라기를 볼 때, 때 묻고 더러워져 화사한 분홍빛이 죽어버린 이불과 베개, 두텁게 먼지 앉은 화장대와 부엌 바닥에 함부로 벗어던진, 뒤꿈치가 납작하게 밟힌 우리의 낡고 더러운 운동화를 볼 때, 젊은 여자들의 높고 다급한 웃음소리를 들을 때, 새벽빛에 푸르스름하게 드러나는 우일이의 잠든 얼굴을 볼 때, 나는 '그때'를 떠올린다.

우리가 사는 방은 네모나고 밥상은 둥글다. 햇빛은 따뜻하고 얼음은 차갑다. 나는 크고 우일이는 작다. 세상에 있는 것들은 모두 단단하거나 물렁물렁하거나 희거나 검거나 빨갛거나 노랗거나…… 낮은 밝고 밤은 어둡다. 그러나 해가 지고 밤이 되기까지의 불분명하고 모호한 어스름, 하늘과 땅 사이를 가득 채우며 밀려와 가슴을 꽉 막히게, 안타깝게 하는 그 무엇에 이름을 붙일 수 없는 것처럼 그때와 지금이 어떻게 다른지, 그 사이를 흐르는 것이 무엇인지 나는 설명할 수가 없다.

그 여자는 주먹만 한 감자의, 군데군데 옹이 지어 파인 곳을 칼로 도려내며 이게 감자의 눈이라고, 무서운 독이 들어 있다고 말했었다. 감자도 눈이 있나? 독이 든 눈으로 무엇을 보나?

자주 꽃 핀 건 자주 감자 파 보나 마나 자주 감자

하얀 꽃 핀 건 하얀 감자 파 보나 마나 하얀 감자.*

아이들이 고무줄을 하면서 부르는 노래를 우일이가 흥얼거렸다. 그만두지 못해? 우일이를 후려치며 나는 소리 질렀다.

우리는 모두 매일매일 무엇인가가 되어가는 중이지. 너는 지금의 내가 되기 전의 나야. 아니면 내가 되어가는 중인 너라고 말해야 하나? 그래서 나는 너희들을 보는 게 무서워 견딜 수 없어.

감자 눈을 파내면서 그 여자가 내게 해준 말이었다.

* 권태응의 동시, 「감자꽃」.

그이를 처음 보았을 때 나는 단박 그이가 내 남편이 되리라는 것을 알았지. 그이가 클라리넷을 부는데 그 소리를 듣고 막 눈물이 났어. 그이가 음악을 통해 우리가 떠나고 잊었던 곳으로 데려가는 것 같았어. 전생에서부터 우린 부부였던 거야.

전생이 뭐예요?

우리가 태어나기 이전의 생이지. 전생이란 우리가 이 세상에 오기 전에 살았던 곳에서의 아름답고 슬픈 얘기란다. 우리는 전생에서 모두 그 무엇이었던 거야. 너와 나도 전생으로부터 인연이 있어서 이렇게 마주 보고 있는 거지.

세상에 한번 생긴 것은 절대로 없어지지 않는다고 말해준 것은 연숙 아줌마다. 아주 먼 옛날의 별빛을 이제사 우리가 보는 것처럼 모든 있었던 것, 지나간 자취는 아주 훗날에라도 아름다운 결과 무늬로, 그것을 기다리는 사람에게 나타난다. 부드럽고 둥글게 닳아지는 돌들, 지난해의 나뭇잎, 그 위에 애벌레가 기어간 희미한 자국, 꽃 지는 나무, 그것을 사랑이라 부르고 그 외로움이 우리를 살아가게 하는 것이라고, 그래서 바람은 나무에 사무치고 노래는 마음에 사무치는 것이라고 말했다. 밤새 고이고 흐르던 세상의 물기가 해가 떠오르면 안개가 되고 구름이 되고 비가 되어 다시 내려서 땅속 깊이 뿌리 적시는 맑은 물로 흐르고 강이 되고 바다가 된다고 말했다. 강물이, 바닷물이 나뭇잎의 향기로 뿜어지고 어느 날의 기쁨과 한숨과 눈물이 먼 훗날의 구름이 되는 거라고도 말했다. 아무래도 연숙 아줌마는 라디오를 너무 많이 듣는다. 그러나 그 말을 듣고부터 햇빛 쨍쨍한 날이면 햇빛을 따라 가녀린 떨림으로 올라가는 웃음과 한숨과 눈물, 소곤거림을 보는 듯도 하였다.

한번 생겨난 것은 절대로 없어지지 않는 거라면, 그렇다면 죽은 사람들은 모두 무엇으로 변하나? 우리는 늙으면 조그만 아기로 되돌아가서 다시금 살기를 시작하나?

안집 할머니는 귀신 씨나락 까먹는 소리라고, 죽은 것은 모두 흙밥이 될 뿐이라고 말했다. 뜬구름 같은 인생이라고 말하며 멍하니 하늘을 올려다보았다.

구름은 먼 길을 가는 나그네처럼 하염없이 흘러가고 있었다. 내 마음도 구름을 따라 그렇게 흘러가는 것 같았다.

철봉대에 두 발을 걸고 거꾸로 매달려 구름을 보고 있을 때

짧게 뭉개진 그림자가 내 앞에 와서, 네가 우미니? 하고 물었다. 나는 가슴이 쿵 뛰었다. 뾰족한 흰 구두, 통통한 종아리와 무릎께에서 잘린 헐렁한 반바지, 얼룩덜룩한 꽃무늬 티셔츠, 빨간 양산 그늘에서 땀을 흘리고 있는, 화장이 땀으로 얼룩지는 여자의 얼굴로 천천히 시선을 옮겼다. 그 여자는 나를 향해 함빡 웃고 있었다. 쿵 뛰던 가슴은 금방 아무렇지도 않아졌다. 전혀 낯선 얼굴이었기 때문이다. 넷째 시간이 끝날 무렵 나는 교실 창을 통해, 햇빛 쨍쨍한 운동장을 가로지르는 빨간 양산을 보았던 것 같은 기억이 났다. 그랬었나?

내게는 언제나, 문을 열고 내게 오는 사람의 영상이 있다. 우일이와 내가 세 들어 사는 집의 녹슨 철문으로, 교문으로, 때때로 바람에 저절로 열린 듯한 방문 안으로 누군가 들어선다. 남자인지 여자인지도 분명치 않고 얼굴은 연기가 서린 듯 지워져 있다. 그 영상은 언제나 안타깝게도 그가 손을 내밀거나 무어라고 말을 하려는 순간의 장면에서 사라져버리지만 그 장면 속의 내게는 그가 누군지 알고 있다는 느낌이 고스란히 남아 있다. 그는 결코 내게 네가 5학년 3반 박우미니? 하고 묻지 않는다.

네가 5학년 3반 박우미가 맞지? 네가 여기 있다고 너희 반 아이가 일러주더구나. 나는 상담실에서 기다리고 있었거든.

그 여자는 나를 손가락질로 가리키고 뛰어갔을 아이의 자취를 찾아 운동장 안을 휘둘러보았다. 점심시간이라 운동장은 소란스럽기 짝이 없었다. 5학년 3반 박우미냐구? 좀더 다른 특별한 말을 했어야 했다. 나는 그 여자의 얼굴에서 눈을 떼고 몸을 흔들었다. 거꾸로 매달려 몸을 흔들면 비스듬히 기울어 커다란 팽이처럼 느리게 돌고 있다는 지구의 움직임이 느껴졌다.

박쥐처럼 매달려 있구나.

나무늘보예요.

나는 나무에 거꾸로 매달려 하늘만 보고 사는 나무늘보를 동물도감에서 보았다. 구름이 느릿느릿 움직이고 있었다.

너를 만나러 왔다. 저런, 머리칼로 땅을 비질하는구나. 머리가 더러워지지 않니?

아줌마는 누구예요? 왜 날 만나러 왔어요?

너와 친구가 되기 위해서지. 오늘 너를 만나기로 너희 선생님과 약속을 했거든.

운동장에서는 아이들이 공을 차고 있다. 구름의 모양이 빠르게 바뀌었다. 하늘의 높은 곳에서는 센바람이 불고 있는가 보았다.

교실에 갔더니 네가 그새 나가버렸더구나. 너를 찾으러 다녔지.

난 점심시간에 교실에 있지 않아요.

여자의 하얀 구두코가 알지 못할 그림을 땅바닥에 그렸다.

그만 내려오렴.

내 발이 나를 놔줘야 해요.

하고 나니 여간 재치 있는 대답이 아니었다.

네 발은 왜 너를 놓아주지 않니?

내려오기 싫으니까요.

재미있는 아이로구나. 내려와라. 너를 보고 있자니 내 골이 쏟아지는 것 같구나.

그 여자가 햇살 때문에 눈살을 찌푸렸다. 손을 들어 이마에 차양을 만들었다. 손을 들자 짧은 소매 안쪽 겨드랑이가 시커멓게 보였다. 땀에 젖은 털이 까맣고 축축하게 드러났다.

오늘 우리 반 아이들 셋이 죽었어요.

뭐라구?

그 여자의 눈이 커다래졌다.

금 밖으로 나가서요.

난 또…… 깜짝 놀랐어. 너는 재미있는 소리도 잘하는구나. 내가 누구냐구? 나는 너와 친구가 되기 위해 왔단다. 상담어머니라는 말을 들어봤니?

나는 애고 아줌마는 어른인데 친구가 될 수 있나요?

그 여자가 웃었다.

애 큰 게 어른이지. 처음부터 어른이었던 사람은 없어.

나는 발끝에 힘을 주어 몸을 솟구쳤다. 몸을 활처럼 휘어 철봉대를 손으로 잡았다. 그 여자가 잡아주려는 시늉을 했으나 손이 닿기 전에 사뿐 내려섰다. 그 여자와 나는 나무 밑 벤치에 나란히 앉았다.

동생과 둘이 살고 있다면서?

아빠는 유리로 된 큰 교회를 지으세요. 그렇지만 곧 돌아오실 거예요.

그럼, 그렇고말고. 늬 선생님께서도 네가 아주 착하고 의젓하다고 말씀하시더라. 그런데 선생님께서는, 네게는 함께 얘기하고 의논할 사람이 필요하다고 생각하시는 것 같아. 내 생각도 그렇거든. 그래서……

나는 내 동생 우일이하고 무슨 얘기든지 다 해요. 연숙 아줌마하고도 아주 친하구요, 공장집 아줌마도 우리에게 친절해요.

그런 게 아니라…… 상담어머니란, 뭐랄까, 너희들은 너희들끼리만 지내기에는 너무 어리니까 옳고 바른 생각을 가지고 자랄 수 있도록 잘 보살피고 이끌어줄 사람이 필요하다는 뜻에서…… 상담어머니는……

가짜 엄마란 말인가요?

아니야. 상담어머니란…… 그러니까 말야……

별반 더운 것 같지도 않은데 상담어머니는 땀을 몹시 흘렸다. 분화장을 지우며 귀밑으로, 목덜미로 뿌옇게 흐르는 땀을 닦느라 팔을 들어 올릴 때면 나도 모르게 자꾸 시커먼 겨드랑이로 눈이 갔다.

상담어머니는 내게 예쁜 공책을 한 권 주었다.

이건 대화의 노트야. 일기든 작문이든 편지글이든, 하루 동안 지낸 일이나 네 마음속의 얘기를 써보렴. 이 노트가 꽉 채워지면 우리는 정말 가깝고 좋은 사이가 될 거야.

나는 쓸 게 없는데요? 매일매일 똑같은데요?

공책의 표지는, 양옆으로 높고 오래된 건물들이 늘어선 텅 빈 거리를 헐렁한 치마에 반코트를 걸친 한 여자가 걸어가고 있는 흑백사진이다. 나는 열한 시 이십 분을 가리키는 시계탑과 여자의 얼굴을 유심히 바라보았다. 저 여자는 어디로 가고 있는 것일까. 사진 속 여자의 눈은 둥글게 쌍꺼풀이 졌고 상담어머니의 눈도 쌍꺼풀이 졌고 내 눈도 똑같이 닮았다.

우일이가 또 발목을 삐었다. 체육 시간에 넘어졌다고 말했지만 늑목이나 철봉대에서 뛰어내린 것이 틀림없다. 양호실에서 머큐로크롬을 바르고 파스를 붙이고 왔지만 어림없었다. 또 장 선생에게 데려가야 할 것이다. 퉁퉁 부어오른 발에 시뻘겋게 발린 머큐로크롬을 보며 안집 할머니는 입술을 일그러뜨리고 비웃었다.

이쁘라고 색칠해주대? 이런 것 갖고는 어림도 없지. 침을 맞아야 해.

나는 절룩거리는 우일이를 장 선생에게 데려갔다.

벌써 세번째다. 우일이는 어디서든 뛰어내린다. 자꾸 뛰어내리는 연습을 하면 날 수 있으리라고 믿고 있다. 우일이는 아주 어릴 때 3층에서 떨어졌는데 긁힌 자국 하나 없이 말짱했다. 외숙모도, 큰어머니도 우일이를 처음 보았을 때 대뜸 "아, 3층에서 떨어졌는데도 말짱했다는 애냐?"라고 말했었다. 사람들은 우일이가 나뭇가지에 걸려 천행으로 살아났다고 했지만 그 애는 그때 자신이 날았다고 생각한다. 나는 그때 날았거든. 누나도 보았잖아. 나는 나뭇가지에 인형처럼 걸려 있는 우일이를 본 것도 같고 두 팔을 벌리고 하늘을 나는 우일이의 모습을 본 것 같기도 했다. 나도 우일이처럼 머릿속이 뒤죽박죽되어가는가 보다.

장 선생의 집에 가려면 개천을 지나 철길을 건너야 했다.

길보다 한 자쯤 낮게 옴팍 들어앉은 장 선생 집에는 간판이 없지만 장님 침쟁이집이라면 누구나 안다. 값싸고 용하기로 유명하다. 면허가 없기 때문에 값이 싸고 친절하다. 안집 할머니는 그를 장 주부라고 한다. 그 앞에선 침쟁이라고 하지 말고 장 선생님이라고 해라. 처음 우일이가 발을 다쳤을 때 안집 할머니가 한 말이다. 눈이 멀어도 침을 귀신같이 놓으니 무슨 조홧속일까. 손가락에 눈이 달렸어. 선을 서른 번 보아서 색시를 데려왔다더군. 만져보면 예쁘고 미운 걸 귀신같이 안다지 뭐야.

장 선생의 집 대문은 언제나 열려 있다. 우일이를 데리고 이 집에 올 때마다 나는 매번 호기심을 누를 수 없다. 눈이 멀었기 때문에 그의 행동이나 태도 하나하나가 모두 특별해 보인다. 그가 눈 감은 사람이기에 나는 더욱 눈을 크게 뜨고 두리번거리며 두릿두릿 유심히 살피는 마음이 된다. 환한 대낮에도 그 집에는 캄캄한 밤의 냄새, 어둠의 냄새가 있다.

장 선생의 집에는 개가 한 마리 묶여 있다. 귀가 축 늘어지고 몸집이 송아지만큼 커다란 누런 개는 우리가 들어서자 나지막이 으르렁대는 소리를 내고는 관심 없이 제 집 속으로 들어가버렸다. 우일이는 그 개가 우리를 알아본다고 말했지만 아마 귀찮아서든지 자기 주인에게 돈을 벌게 해주는 손님이라는 것을 알기 때문일 것이다. 그 개는 우일이가 제 집 속에까지 손을 넣고 살살 쓰다듬어도 가만히 있었다. 가지런히 모은 앞발 위에 얼굴을 얹고 조용히 하늘을 보았다. 무언가 깊은 생각에 잠겨 있는 듯 보이기도 했다. 나는 개의 눈을 유심히 바라보았다. 투명한 눈동자에 노란빛 테가 둘러져 있다. 개의 눈에는 귀신이 보인다고 한다. 개가 까닭 없이 꼬리를 사리고 두려움에 떠는 비명을 지르며 숨어드는 것은, 사람의 눈에는 보이지 않지만 사방에서 우글대는 귀신을 보기 때문이라고 한다. 큰어머니가 해준 말이다. 큰집에 살 때 늙은 개가 우우 하는 이상한 소리로 자꾸 울자 큰어머니는 집안에 나쁜 일이 생길 징조라고, 문밖에서 기웃거리는 귀신들을 불러들이는 소리라고 하면서 개장수에게 팔아버렸다.

개장수는 그 개를 자전거 짐받이에 실린 철망 우리 안에 넣고 가버렸다.

큰집에서, 개집의 조그만 출입구로 들어갈 수 있었던 것은 몸집이 작은 우일이뿐이었다. 우일이는 밤에 가끔 아무도 몰래 개

집에 기어들어가 개와 함께 잠을 잤다. 개털을 뒤집어쓴 우일이에게서는 개 비린내가 났다. 자주 끄응끄응, 슬프고 무섭고 안타까운 개꿈을 꾸었다.

장 선생의 진료실로 쓰이는 문간방에는 간이침대가 두 개, 침통과 알코올 솜, 책이 몇 권 꽂힌 책꽂이와 철제 책상이 있다.

웃통을 벌거벗은 남자가 엎드려 침을 맞고 있었다. 거의 엉덩이까지 바지를 내리고 허리로부터 등줄기까지 꽂은 굵은 침을 보자 우일이가 흠칫 몸을 떨었다. 우일이는 침을 무서워했다. 나는 어깨를 눌러 우일이를 주저앉혔다. 그 남자는 끙끙 신음소리를 내고 있었다. 우일이는 더러운 발을 멈칫멈칫 내밀며 반듯이 누웠다. 장 선생은 벌겋게 부어오른 우일이의 복숭아뼈를 더듬지도 않고 썩썩 알코올 솜으로 닦은 뒤 침을 꽂았다. 시커매진 솜을 내가 얼른 휴지통에 넣었다. 우일이는 잔뜩 겁에 질린 얼굴을 돌리고 있었다. 더러운 발이 부끄러운 것이다. 우일이의 퉁퉁 부어오른 복숭아뼈는 은빛 가시가 수없이 뻗친 고슴도치 꼴이 되었다. 우일이가 얼굴을 찡그렸다. 몹시 아픈가 보았다. 그러나 소리는 내지 않았다. 우일이와 나는 소리 지르는 일에 익숙하지 않다. 우리는 물을 삼키듯 쓴 약을 삼키듯 소리를 삼킨다. 나는 눈을 부릅뜨고 장 선생의 손가락 끝마다 환히 뜨고 있는 눈을 찾아보았다. 우일이도 몸을 반쯤 일으키고 장 선생의 손을 뚫어지게 바라보았다.

너, 장난꾸러기 개구쟁이구나. 까불다가 발을 다쳤지?

웃통을 벗은 남자가 우일이에게 말을 걸었다. 우일이는 대꾸하지 않았다.

몇 살이냐?

내 동생은 열 살이고 나는 열두 살이에요.

열 살이라니, 거짓말 마라. 유치원생 같은데? 넌 좀 많이 먹어야겠다.

그리고 그 남자는 우리에게서 관심을 거두어 장 선생에게 말을 걸었다.

미국의 그랜드캐니언을 갔다 왔지요. 참 장관입디다. 우린 땅덩어리가 워낙 작아서 상대가 안 돼요. 그 나무들하며…… 제일 부러운 게 몸매가 미끈미끈하게 빠진 여자들과 나무, 넓은 땅덩어립디다.

그는 장 선생이 아무것도 볼 수도, 떠올릴 수도 없는 장님이라는 것을 잊었나 보다. 장 선생은 간간이 아 네에 네에, 그러겠지요, 하며 맞장구를 쳤다.

장 선생도 그쪽으로 한번 진출해보시오. 서양 놈들, 닉슨이 중국에 갔다 온 이래 침구나 한방에 대해 대단히 관심을 갖는 것 같습디다.

장 선생은 그 남자의 등에서 침을 뽑았다. 그 남자가 보기 흉한 겨드랑이 털을 내보이며 한바탕 기지개를 켰다. 옷을 입고 지갑에서 천 원짜리 한 장을 쓱 뽑아 내밀었다.

거스름돈을 주시오.

우일이와 나는 그 남자의 얼굴과 장 선생의 손에 들린 천 원짜리를 바라보았다. 장 선생은 돈을 만지작거리며 가만히 있었다.

아, 내 정신 좀 보게. 만 원짜리인 줄 알았소.

장 선생이 도로 돈을 내밀자 그가 당황한 손짓으로 지갑을 뽑아 만 원짜리를 내었다. 눈도 깜박이지 않고 빤히 바라보는 우리를 곁눈질하는 그의 얼굴이 어색하게 일그러졌다. 장 선생이 서랍을 열어 거스름돈을 꺼내 한 장씩 세어 주었다. 귀신이다. 우일이가 놀라 뚫어지게 바라보았다. 나도 내가 보고 있는 것을 믿을 수가 없었다. 한 토막의 마술, 연극 같았다.

이런 실수를 하다니…… 늙으면 죽어야지. 어두워서 그랬나 봅니다. 아무리 그래도 방을 좀 밝게 해야지. 채광이 너무 나쁘군. 가끔 이런 실수를 할 때가 있어요. 언젠가는 택시를 타고 3천 원을 낸다는 게 글쎄 3만 원을 내지 않았겠소? 하하하. 공해 탓에 사람들의 머리가 다 썩어가요.

그는 헛웃음을 치며 나갔다.

침을 꽂은 다음 한참 동안 가만히 있어야 했다. 막힌 곳을 뚫어 피가 돌기를 기다려야 한다고 했다. 장 선생은 우리에게 사탕통을 내놓으며 먹으라고 말했다. 그러고는 창가의 의자에 앉아 창밖으로 고개를 돌렸다. 무엇을 보고 있는 것일까. 나는 사탕을 하나 입에 넣고 소리 나지 않게 한 주먹을 쥐어 주머니에 넣었다. 장님이니까 모를 것이다. 우일이가 내 팔을 꼬집었다.

침을 맞고 나오면서 나는 말했다.

아버지가 오시면 갚아드리겠어요. 꼭 적어놓으세요. 이름은 박우일이에요. 우리 아버지는 기술자예요. 온통 유리로만 된 큰 교회를 짓는 중이세요. 아주 돈을 잘 버신다구요.

나는 어디에서나 그렇게 말한다. 골목 어귀 구멍가게와 쌀집, 슈퍼마켓에는 우리의 외상 장부가 있다.

낼 또 오너라.

장 선생이 우리를 따라 나오며 말했다. 서른 번이나 선을 보아 데려온 그의 아내가 방문을 열고 우리를 내다보았다.

다저녁때 어딜 나가시우?

산보 좀 하려고. 한 바퀴 바람 쐬고 올게.

그의 말을 알아들은 개가 후닥닥 집 속에서 나왔다. 그가 대문 기둥 고리에 묶어놓은 개 줄을 풀어 잡고 집을 나섰다. 늘어져 있던 개가 갑자기 생기를 띠고 온몸을 늘려 기지개를 켜고는 앞장섰다.

그 사람 나쁜 사람이야. 속이려고 했어. 창피해서 어쩔 줄을 모르던걸. 순 사기꾼이야. 인상도 아주 나빴어.

내가 잠자코 있자 우일이가 또 말했다.

나는 미안했어. 발이 아주 더러웠거든. 보지 못했어도 냄새나는 걸 알았을 거야. 더러운 발을 장님이니까 모르리라고 생각한 것이 미안해. 누나는 몰래 사탕을 주머니에 넣었지?

잘난 척하지 마. 공짜가 아냐. 침 맞는 값에 다 들어 있는 거야. 친절하지 않으면 아무도 안 가지. 면허가 없거든. 우리에게서 받은 돈으로 쌀도 사고 사탕도 사. 우리가 그 사람을 먹여 살리는 거야.

하지만 우리는 돈을 안 냈어. 이번에도, 저번에도, 그 먼젓번에도.

아버지가 오시면 다 갚아줄 거야.

나는 되는대로 대꾸했다.

장 선생의 집에서 철길을 건너오기 전 빈 창고 건물을 지나쳤다. 문짝도 떨어져나가고 곧 무너질 듯 휑뎅그렁한 창고 안에서 기타 치는 소리와 여럿이 어우러져 부르는 노랫소리가 들려왔다. 집을 나온 언니 오빠들이 모여 사는 곳이다. 나는 그들을 만화방이나 오락실에서 자주 보았다. 만화방 주인아저씨는 그들을 '창고 애들'이라고 불렀다.

철길을 넘어 돌아오는 길, 넓은 공지 저편에 고층 아파트가 우뚝 서 있다. 상담어머니가 사는 곳이다. 절룩거리며 따라오던 우일이가 놀란 얼굴로 멈춰 서서 손가락질을 했다. 그곳을 바라보며 나도 눈이 휘둥그레졌다. 까마득히 높은 유리창에 거미처럼 붙어 있는 사람을 보았다. 자세히 보니 옥상으로부터 줄이 늘어져 있고 그 줄에 묶인 작은 받침대 위에 그네 타듯 올라앉아 유리창을 닦고 있는 것이다.

12층이야.

고개를 발딱 젖히고 바라보던 우일이가 소곤거렸다. 지는 해가 유리창을 황금빛으로 물들이고 있었다. 그 사람은 잠시 손을 멈추고 유리창 안쪽을 들여다보는 시늉을 하기도 했다. 옥상으로부터 팽팽히 당겨진 줄이 그를 조금씩 끌어올렸다. 그 줄이 끊긴다면 앗 하는 순간 그는 떨어져버릴 것이다. 나는 아슬아슬한 마음이 되었다. 남자가 황금빛 속으로 들어갔다. 해가 불덩이처럼 유리창을 태우고 그 남자를 삼켜버렸다.

불 속으로 들어갔어.

우일이는 입을 벌리고 정신없이 그것을 바라보며 중얼거렸다. 그 남자는 녹아버릴 것이다. 흔적도 없이 사라질 것이다. 그러나 오래지 않아 불덩이 속에 갇힌 그가 쑥 올라왔다. 금물이 입혀져서 옥상 위로 사라졌다. 창의 금빛은 엷어지고 스러졌다. 햇빛이 물러간 유리창은 어둡고 텅 빈 눈[目] 같았다.

슈퍼맨은 밧줄 따위는 쓰지 않아. 스파이더맨도 그래.

우일이가 실망한 표정으로 말했다.

네겐 망토가 없지. 슈퍼맨은 망토를 입어야만 날 수 있는 거야.

나는 비웃었다.

돌아오는 내내 우일이는 발을 절룩거리면서도 슈퍼맨 흉내를 내어 힘준 어깨를 굽히고 주먹 쥔 두 손을 앞으로 나란히 뻗고 걸었다. 날아오르려는 듯 깡충 뛰어보다가 아얏 비명을 지르며 얼굴을 찡그렸다.

강시 같아. 너는 너무 무거워.

나는 말했다. 우일이는 가느다란 목 위에 얹힌 커다란 머리통을 무겁게 끄덕였다. 그 애가 무겁다는 것은 거짓말이다. 나는 『헨젤과 그레텔』에 나오는 마귀할멈처럼 매일 그 애의 손가락이나 팔다리 들을 만져본다. 그 애는 나날이 말라간다. 나뭇가지같이 불거진 가슴팍 뼈는 가늘게 휘어 있다. 그 애는 아마 날기 위해 가벼워지려 하는지도 모른다. 새는 뼛속까지 비어 있기 때문에 날 수 있는 것이다. 그 애가 점점 더 말라서 대나무 피리처럼 소리를 낼 때쯤이면 날 수 있을지 모르겠다.

우일이는 어디서나 뛰어내린다. 슈퍼맨이나 토토는 꾸며낸 인물이고 거짓말이라고, 단지 영화일 뿐이라고 아무리 말해도 듣지 않는다. 나도 슈퍼맨을 몹시 좋아한다. 정의의 용사로, 하늘을 날고 지구를 거꾸로 돌려 죽은 애인을 살려내는 무서운 힘을 가진 슈퍼맨이 평소에는 아무도 눈치채지 못할 보통 사람으로, 실수를 저질러 남의 웃음거리도 되는 것이 그렇게 통쾌하고 재미있다. 내게도 혹시 아무도 모르는 깜짝 놀랄 만한 능력이 있는 것이나 아닐까, 밤이면 나도 모르게 세상천지를 날아다니며 착한 사람들을 돕고 악한 무리들을 쳐부수는 게 아닐까 하는 공상을 해보기도 한다. 그러나 나는 그것이 꾸며낸 얘기일 뿐이라는 것을 안다.

우일이는 언제나 나는 꿈을 꾼다. 잠을 잘 때 심하게 이불을 걷어차고 몸부림을 치고 팔다리를 버둥대는 것은 나는 꿈을 꾸고 있기 때문이다. 나도 가끔 높이 나는 꿈을 꾼다. 나는 것이 몹시 신이 나기도 하지만 너무 지쳐 그만 내리고 싶은데, 좀체 몸이 내려와주지 않을 때 아아 무서워라, 나는 새가 아닌데, 하는 생각이 들면 갑자기 뚝 떨어지며 꿈에서 깨어나게 된다. 잠에서 깨어나면 땀이 흥건하고 정말 밤새도록 날아다닌 듯 온몸이 녹초가 되어 일어날 수가 없다. 수백, 수천 킬로미터의 바다를 나는 바닷새들은 지쳤을 때 어떻게 할까.

나는 우일이에게, 줄에 매단 널빤지 따위에 올라앉지 않고도 높은 옥상까지 올라갈 수 있는 승강기를 태워주겠노라고 약속했다. 한 번도 타본 일은 없지만 상담어머니가 사는 아파트에는 1층에서부터 15층까지 쏜살같이 오르내리는 승강기가 있다는 것을 알고 있기 때문이었다.

철길을 건너면 더러운 물이 흐르는 개천이고 개천과 나란히 농공 단지로 뻗은 길이 나 있다. 인적이 별로 없는 그 길로 오토바이를 탄 젊은이들이 여자를 태우고 요란한 폭음을 내며 달려갔다. 슈퍼맨 흉내를 내던 우일이가 깜짝 놀라 비켜섰다. 여자들의 긴 머리칼이 멋지게 바람에 날렸다. 긴 갈기털 휘날리는 몸 날랜 짐승들 같았다. 우일이도 나중에 저러한 젊은이가 될까 생각하며 나는 우일이의 비쩍 마른 몸과 커다란 머리통을 바라보았다.

개천 둑의 마른풀 사이에서 작은 새를 주웠다. 죽은 새였다.

새는 아주 가벼웠다. 손바닥에 바람이 한줌 얹힌 것 같았다. 발가락은 가느다란 철사처럼 날카롭게 오그라들었고 먼지와 흙으로 더럽혀진 털 속 깊이 개미들이 까맣게 기어들고 있었다.

아저씨네 새 같아.

바보 같은 소리야.

이마에 가득 주름을 잡으며 죽은 새를 들여다보는 우일이에게 핀잔을 주고 나는 그것을 땅바닥에 버렸다. 막대기로 뒤적거려보았지만 상처는 보이지 않았다. 햇빛 한 줄기가 은빛 침처럼 작은 몸속을 꿰뚫고 지나간 것인지도 모른다. 속이 메스꺼워졌다. 배 속에 이상하게 꼬물거리는 것들이 가득 차 있는 것 같았다. 입에 가득 괸 침을 뱉었다. 우일이가 집에 가져가자고 했지만 나는 그것을 사람들의 발길이 닿지 않는 풀숲으로 멀리 던져버렸다.

인생살이가 소꿉놀이 같아. 한바탕 살림 늘어놓고 재미나게 놀다 보면 어느새 날이 저물어오지. 그러면 놀던 것 그대로 그 자리에 놓아두고 뿔뿔이 흩어져 제집으로 가버리는 거야. 사람 한평생이 꼭 그래.

마루에서 웬 여자와 얘기를 나누던 안집 할머니가 무거운 한숨을 내쉬었다. 언젠가 찾아온 적이 있던 교회 여자였다. 그 여자는 연숙 아줌마를 교회에 데려가자고 또 조르고 있는 것이다.

예수님을 영접해서 구원받고 병을 고치니 좀 좋은 일입니까?

저 애 저렇게 되고 나서 안 찾아다닌 곳이 없다오. 돈도 수태 없앴지. 다 부질없는 짓이야. 전생의 죄 갚음 한다 생각하고 팔자려니 해야지.

연숙 아줌마 방문은 닫혀 있었다. 내가 그쪽으로 가니 할머니가 눈을 흘기며 손을 내저었다.

눈치 없긴…… 늬 방으로 가거라.

방 안에서 김씨 아저씨와 연숙 아줌마의 낮은 말소리가 웅얼웅얼 들려오고 있었다. 소리 죽여 우는 소리가 들리는 것도 같았다. 방문이 열리고 검은 가방을 든 김씨 아저씨가 나왔다. 현관을 나서는 얼굴이 이상하게 굳어 있었다.

회사에 가나?

안집 할머니의 말에도 대답하지 않았다. 안집 할머니는 술집이라고 하지 않고 언제나 회사라고 말한다.

늬 아버지는 안 오시냐?

연숙 아줌마의 방 앞에 어정쩡히 서 있는 내게 안집 할머니가 퉁명스럽게 물었다. 방값 독촉일 것이다. 아버지가 다녀간 지 벌써 한 달이 넘었나?

아주 큰 집을 지으시니까요.

대궐을 짓는 게로구나.

아버지는 꼭 한 번 전화를 했다. 연락이 있었니? 쉬고 갈라진 아버지의 목소리는 멀었다. 아버지는 정말 먼 곳에 있나 보다.

날이 더워지자 이씨 아저씨는 새장을 밖의 처마에 걸었다. 어둑신한 방 안에서 밤낮없이 검정 보자기를 쓰고 갇혀 있던 새는 햇빛에 눈부셔 깜짝깜짝 놀라듯 높고 시끄럽게 울었다. 우리에게 무어라고 말을 거는 것 같기도 했다. 아저씨는 하루나 이틀 장거리를 뛰고 난 다음 날이면 종일 집에 있었다. 목욕을 갔다 오고 낮잠을 자고 새와 놀았다. 키 작은 우일이는 처마 밑에 걸린 새장 안을 들여다보느라 자꾸자꾸 벽돌을 포개 올렸다. 높게 쌓아올린 작은 벽돌 위에서 까치발로 돋움질하며 흔들흔들 서 있는 우일이는 금시라도 날아오를 것처럼 보였다.

일요일이면 공장집은 바쁘다. 종일 청소, 빨래를 하고 저녁이면 영화를 보러 갔다. 음식 만들기를 좋아하는 아줌마는 땀을 뻘뻘 흘리며 밀 부침개를 해서 방마다 돌리기도 했다. 그 집 아저씨와 아줌마는 내게 언제나 친절하다. 짬이 날 때마다 우리 방을 들여다보며 빨래거리를 내놓으라고 하고 어려운 점이 있으면 언제든지 말하라고 한다. 아저씨는 나를 볼 때마다 측은해하는 눈빛이다. 뭔가 좋은 말을 해주고 싶어 입안엣소리를 웅얼거린다. 훌륭한 사람들은 다 어려운 어린 시절을 보냈다고, 위인전을 보면 그렇지 않더냐고, 자신도 일찍 부모를 잃었다고 말한다. 나는 그 이유를 안다. 그 여자가 집을 나갔고 아버지가 오랫동안 우리를 보러오지 않기 때문이다. 어쩌면 아버지가 우리를 버려두고 영영 돌아오지 않을 거라고 생각하고 있는지도 모른다.

얘, 우미야. 솔직히 말해봐라. 저 사람, 남자냐 여자냐?

영화를 보러 간다고 사이좋게 팔짱을 끼고 나가는 공장집 아저씨와 아줌마를 보며 이씨 아저씨가 고개를 갸우뚱하고 내게 물었다. 심심하면 내게 묻는 말이다. 그럴 때마다 나는 물론 남자,라고 대답하지만 내 관심사 역시 공장집 아저씨가 남자인가 여자인가 하는 데 쏠려 있다. 아저씨가 어려운 환경을 이겨내야 훌륭한 사람이 된다고 말을 할 때도 나는 털 없이 맨숭한 턱과 어딘지 거북스레 두둑한 가슴께로만 눈이 갔다. 일부러 지어낸 듯 낮고 굵은 목소리도 수상쩍었다. 널린 빨래들을 유심히 보았지만 공장집 빨랫줄에는 남자와 여자의 옷이 사이좋게 나란히 걸려 있었다.

너도 크면 자연히 알게 되겠지만 세상에는 별 인간이 다 있는 법이다. 스포츠로 머리 깎고 남자 옷을 입었지만 그걸 남장 여자라고 하는 거야. 엉덩이 퍼진 것하고 가슴 불룩한 걸 봐라. 남자와 여자가 어울리면 애가 생기는 게 음양의 이치인데 애도 없잖니? 씨가 떨어져야 열매를 맺지. 쥔할마시도 그걸 알지만 방세 많이 받는 재미에 모른 체하는 거란다. 야금야금 방세를 올려도 찍소리 못 하는 건 그 사람들뿐이지. 약점을 잡혔거든.

여자끼리 결혼해서 산단 말예요? 어떻게 그럴 수가 있어요?

그건 둘만이 아는 비밀이지.

이씨 아저씨는 갑자기 내 귓가에 바짝 입을 대고 목소리를 낮췄다. 더운 입김에 귀가 간지러워 나는 몸을 비틀며 웃었다.

남자는 남잔데 마지막에 달 걸 못 달고 나온 거야. 조물주의 실수지. 그건 그렇고 얘, 우미야, 내게 좋은 생각이 있어. 신문에 소녀 가장 수기를 써서 내는 게 어떠니? 눈물 콧물 쏙 뽑게시리 아주 슬프게 써내면 이름 내기 좋아하는 사람들이 돕겠다고 다투어 몰려들 것이고, 너와 우일이는 좋은 집안에 입양이 되어 팔자가 달라지는 거야. 아침마다 공주님처럼 푹신한 침대에서 잠을 깨고 맛있는 거 실컷 먹고, 호강을 도둑개 매 맞듯 흠씬 하게 되지.

나는 피이 웃었다.

방역차가 왔다. 타타타타 요란한 소리와 함께 뿌옇게 약을 뿜으며 동네를 돌았다. 낮은 담과 지붕, 골목 들이 삽시간에 하얗게 사라졌다. 무언가 굉장한 일이 벌어지는 것만 같았다. 안집 할머니는 장독 뚜껑을 덮느라 분주했지만 나와 우일이는 집 밖으로 뛰어나갔다. 동네 아이들이 다 몰려나와 방역차를 따라 뛰었다. 뿌연 약 속에 들어가면 아무도 보이지 않았다. 낮은 곳에서는 오래 고여 머물러 하얀 구름이 내려앉은 것 같았다.

방역차는 동네의 골목골목을 돌고 버스 길을 지나 개천을 건넜다. 다리가 아프고 숨이 찼다. 눈이 따갑고 목이 막혔다. 우리의 달음박질로는 어림도 없었다. 멀어지는 차를 보며 걸음을 멈추었다. 뿌옇게 앞을 막던 소독약이 엷어지면서 비로소 주위 풍경이 눈에 들어왔다. 어느 결에 철길 건너 동네까지 온 것이었다. 방역차를 따라 뛰던 다른 아이들은 언제 어디로 다 사라져버린 것일까. 아무도 없었다. 우일이와 나뿐이었다. 우일이는 머리칼과 얼굴에 소독약 가루가 하얗게 앉아 조그만 늙은이 같았다. 나 역시 그런 모습일 것이다. 터덜터덜 걸었다. 빈 창고 앞을 지났다. 집을 나온 언니 오빠 들이 창고 앞에서 동전 따먹기를 하고 있었다.

얘들아. 이리 좀 와봐.

머리칼에 빨간 물을 들인 오빠가 우리를 불렀다. 나는 창고 안을 흘긋흘긋 들여다보며 그들에게 갔다. 어둠침침한 속에 여기저기 널린 매트리스와 이불, 석유곤로와 냄비 따위들이 눈에 들어왔다. 창문 없이 뻥 뚫린 구멍으로 햇빛이 들어와 뿌연 먼지들을 떠올리고 있었다.

넌 몸이 작으니까 들어가서 꺼내올 수 있을 거야. 돈이 굴러 들어갔거든.

그가 가리키는 곳은 땅 위로 반쯤 튀어나온 하수관의 입구였다. 물이 흐르지 않아 더러워 보이지는 않았다. 좁은 하수관 속으로 들어간 우일이는 곧 5백 원짜리 동전 두 개를 꺼내왔다.

다람쥐 같구나.

그들의 말에 우일이는 으쓱해졌다.

높은 데도 아주 잘 올라가고 다치지 않고 뛰어내릴 수도 있어.

그렇다면 지붕 위에서 배드민턴공도 내려줘.

언니들이 말했다. 홈통을 타고 지붕으로 올라간 우일이가 깃

털 달린 공을 서너 개 집어 던지고는 다시 홈통을 타고 주르르 내려왔다.

정말 대단하구나. 꼬마 타잔이야.

그들이 손뼉을 쳤다. 우일이의 얼굴이 자랑스럽게 빛났다.

이건 상으로 주는 거야.

오빠들이 우일이가 하수관에서 찾아온 5백 원짜리 두 개를 고스란히 주었다.

철길을 건너올 때 나는 연숙 아줌마의 남편을 보았다. 그는 철길을 따라 천천히 걷고 있었다. 아무도 없는 빈 길을 혼자 걸어가는 사람은 무언가 깊은 생각에 빠져 있는 것처럼 보인다. 남에게 내보이기 싫은 마음을 숨겨 가진 사람처럼 보인다.

텔레비전을 틀어놓을 때면 방의 형광등을 껐다. 텔레비전을 보면서 밥을 먹다 보면 어느 순간 우리들의 머리통이 딱 부딪치고 숟가락이 딸그락 부딪친다. 어느새 냄비에 가득 들어 있던 밥을 다 먹어버린 것이다.

화면에서 나오는 푸르스름한 빛으로 방은 한결 아늑하고 독립적으로 느껴진다. 토토가 사는 이상한 푸른빛의 우주처럼 느껴진다. 「우주소년 토토」 다음으로 우일이와 내가 좋아하는 것은 코미디와 쇼 프로그램이다. 모두가 잘 아는 낯익은 사람들이다. 다정하게 웃는 얼굴을 보면 그들 역시 우리를 잘 알고 있다는 생각이 든다. 안녕하세요, 인사를 하면 대답을 할 것 같다. 그들은 푸르스름한 어둠 속에서 숟갈질을 하는 우일이와 내게 언제나 상냥한 웃음을 보낸다. 방 안은 그들로 꽉 차고 즐거운 웃음이 가득하다. 나는 그 네모난 상자, 언제나 웃고 노래하고 춤추는 즐거운 세상으로 들어가고 싶다. 배가 부르면 혼곤히 졸음이 와서 그대로 쓰러져 잠들고 싶기도 하지만 열 시가 되면 텔레비전을 끈다.

우일이는 구구단을 외워야 하고 나는 상담어머니가 준 예쁜 공책에 일기를 써야 한다.

'아침에 일어나 이 닦고 세수하고 아침 먹고 학교에 갔다. 첫 시간에는 국어 공부를 하고 둘째 시간에는 자연 공부를 했다. 셋째 시간에는 산수 시험을 보았는데 다섯 개를 틀려서 손바닥을 맞았다. 다음부터는 예습 복습을 철저히 하고 공부를 열심히 해서 훌륭한 사람이 되도록 노력하겠다.'

일기를 쓰고 구구단 시험을 보았다. 우일이는 틀린 답 하나에 매 한 대씩 손바닥을 맞았다. 우일이의 손바닥이 벌겋게 부풀었다. 거스름돈도 제대로 못 받는 바보가 되고 싶으냐. 남에게 업신여김을 받는 인간이 되고 싶으냐. 우일이는 두 팔을 들고 방구석에 가서 섰다. 벌을 받아야 한다. 우일이는 울 듯한 얼굴이었다. 자꾸 내 쪽을 흘긋거리고 사정하는 표정을 지었지만 나는 숙제를 다 마칠 때까지 모른 체했다. 숙제를 다 마치고 나서야 손을 내리게 하고 구구단을 다섯 번씩 쓰고 외우게 했다.

우일이가 심하게 팔다리를 버둥거린다. 또 나는 꿈을 꾸고 있는 것이다. 얼굴은 긴장되고 입이 앙다물려 있다. 꼭 감은 얄팍한 눈꺼풀 밑에서 눈동자가 빠르게 움직인다. 나는 가만히 우일이의 몸을 끌어안는다. 나도 함께 어두운 밤하늘을 훨훨 날고 싶다. 옷을 벗고 맨살을 맞대면 규칙적으로 뛰는 그 애의 심장소리, 입에서 나는 냄새, 조용히 꿈틀대는 창자의 움직임이 느껴진다. 나는 안심한다. 잠은 아늑하고 밤은 고요하다. 기차 지나가는 소리가 들린다.

먼 데서부터 조금씩 물이 밀려온다. 물은 부드럽고 따뜻하다. 발목이 잠기고 종아리, 무릎이 잠긴다. 벽 너머의 낮고 음산한 중얼거림과 흐느낌을 적시고 감싸며 차오른다.

내가 특별한 존재라고 느끼는 것은 상담어머니가 찾아올 때다. 복도 유리창에 그녀의 모습이 어른대면 아이들은 모두 고개를 돌려 나를 바라보고 선생님은 수업 시간 중이라도 지체 없이 나를 상담실로 내보낸다.

여기는 교도소 면회실 같아. 우리, 아무도 몰래 살짝 여길 빠져나가자.

상담어머니는 깨끗하고 푹신한 의자와 얌전하게 수놓은 보자기로 덮인 테이블, 하얀 무명 커튼이 드리워진 상담실을 둘러보며 비밀을 나누듯이 나를 향해 눈을 찡긋해 보였다. 나 역시 단둘이 있을 때도 누군가, 무엇인가 엿보고 있는 듯한, 깨끗하고 조용하기만 한 상담실을 좋아하지 않는다.

상담어머니는 내가 팥빙수를 좋아한다는 것을 알면서부터

늘 그것을 사준다. 흰 얼음 가루가 수북이 담긴 그릇에 그 천하고 밝고 기쁘고 화려한 물감 들인 주스가 끼얹어지고 나는 그 빛깔이 뒤죽박죽 뒤섞이는 것이 아까워 급히 먹는다. 얼음 가루가 얼마나 쉽게 녹아버리는지를 알기 때문이다.

상담어머니는 오렌지주스를 시키고 내가 그동안 쓴 일기를 읽는다. 내가 그사이 아프지는 않았는지 친구들과는 잘 지내는지를 묻는다. 어려움을 참고 이겨내면 장차 반드시 크고 훌륭한 인물이 된다고 말한다. 얼음물은 창자까지 얼어붙을 것같이 차갑다. 나는 녹기 전에 빙수를 먹느라고 상담어머니가 하는 말을 반도 듣지 못한다. 그녀는 올바른 사람이 되려고 노력한다는 똑같은 말로 끝맺는 일기를 지치지도 않고 읽는다. 어떤 사람이 되고 싶은지, 무슨 일을 하고 싶은지 묻기도 한다. 내 희망이라면 빨리 어른이 되는 것이다. 내 주변의 어른들은 모두 마지못해 어른이 된 것 같고 어른이 된 것을 별로 행복해하지도 않는 것 같지만, 심지어 안집 할머니나 외할머니는 빨리 죽어 걱정근심뿐인 이 세상을 떠나고 싶다고도 했지만, 나는 언제까지나 영원히 열두 살일 것만 같은 두려움에 문득문득 사로잡히곤 하지 않았던가.

상담어머니는 내게 많은 얘기를 한다. 누구에게나 가장 필요하고 소중한 것은 희망과 용기라고, 우리는 서로를 잘 알고 많은 것들을 나누고 있다고 한다. 나는 상담어머니가 두 주일에 한 번씩 나를 만나러 오는 것을 알고, 저녁이면 유리창이 황금빛으로 타오르는 높은 아파트에 살고 있다는 것을 안다. 상담어머니는 내 이름을 알고 내가 팥빙수를 좋아한다는 것을 안다. 나는 매일 밤 일기를 쓰고 상담어머니는 그것을 읽는다. 상담어머니는 열심히 이야기를 하고 나는 줄곧 상담어머니의 둥글게 쌍꺼풀진 눈과 콧등의 점을 바라본다. 똑같은 점이 나는 코밑에 있다. 집에 돌아오면 나는 거울에 비치는 내 얼굴, 쌍꺼풀진 눈과 까만 점을 유심히 본다. 상담어머니와 나는 닮았다!

침을 맞으러 갔던 우일이가 장 선생의 개에게 물렸다. 손등에 박힌 잇자국은 깊지 않았다. 장 선생의 아내가 우일이를 병원에 데려갔다. 우일이는 약을 바르고 주사를 맞았다. 이씨 아저씨가 나와 우일이를 다그쳤다.

개에게 물리면 미친다. 미친개가 되어 짖고 돌아다니며 사람을 물게 된다. 상처에 개털을 그슬려 붙이고 그 개를 잡아먹어야 한다.

우리는 개고기를 먹은 적이 없어요.

네 동생은 고기를 먹어야 한다. 너무 말랐어. 크지 않는 걸 봐라. 난쟁이가 될 거다. 침쟁이에게 가서 사람 무는 개를 달라고 말해라.

우일이는 지난 일 년 동안 1센티미터도 자라지 않았다.

네 동생이 놀랐다. 사람이 놀라면 혼이 나가는 법이다. 연숙 아줌마도 놀라서 평생 병신이 되지 않았니? 네겐 네 동생을 돌봐야 할 책임이 있는 거야.

일요일 아침나절, 나는 우일이를 앞세우고 장 선생의 집으로 갔다. 이씨 아저씨가 따라왔다. 개는 제집 속에서 조용히 엎드려 있었다. 장 선생이 진료실 문을 열고 내다보았다.

내 동생이 개에게 물렸어요. 사람 무는 개를 그냥 두어서는 안 돼요.

나는 마당에 서서 큰 소리로 말했다.

네 동생은 좀 어떠냐.

개털을 불에 태워 상처에 붙여야 해요. 그 개고기를 먹어야 해요.

그건 근거 없는 소리다. 하지만 개털을 조금 잘라 주마. 내 아내가 네 동생을 매일 병원에 데려갈 거다.

내 동생은 놀랐어요. 개에게 물리면 미치게 돼요.

예방주사를 맞았단다. 병원에서 증명할 거다.

우일이는 고개를 숙이고, 이미 우리에게 관심 두지 않고 제집에서 나와 무심히 밥을 먹고 있는 개를 바라보았다. 개집 주변에는 개똥이 지저분하고 파리들이 밥과 똥을 오가며 분주히 날고 있었다.

내 동생을 물었어요.

나는 움직이지 않고 똑같은 말을 되풀이했다.

그 개는 새끼를 가졌단다. 곧 새끼를 낳을 거다.

해가 높이 퍼졌다. 흘러내린 땀이 눈으로 들어가 눈이 쓰라렸다. 밥을 다 먹은 개는 다시 개집 곁의 그늘에서 어슬렁거리다가 피곤하고 권태롭게 털썩 몸을 뉘었다. 게으르게 배를 핥기도 했다. 늘어진 배가 한곳으로 쏠리면서 불룩불룩 움직였다.

새끼들이야.

우일이가 유심히 보며 말했다.

아직도 거기 있느냐.

점심을 먹고 난 장 선생이 진료실 밖으로 얼굴을 내밀었다.

내 동생을 물었어요. 내 동생은 그 개고기를 먹어야 해요.

다리가 쇠막대기처럼 뻣뻣이 굳었지만 나는 그 자리에서 꼼짝도 않고 서서 쨍쨍하게 소리 질러 말했다.

해가 기울기 시작하고 발밑의 그림자가 조금씩 길어졌다.

장 선생이 조심스런 걸음으로 더듬더듬 마당으로 나왔다. 장 선생이 보이지 않는 눈으로 우리를 바라보았다. 감은 눈꺼풀 안쪽 깊숙이에서 나를 향해 똑바로 꽂히는 시선을 느꼈다. 장 선생의 손이 짧은 동안 허공을 휘저었다.

데려가라.

장 선생이 문기둥에서 개 줄을 풀었다. 개는 게으르게 무거운 몸을 일으켰다. 배가 무겁게 늘어져 힘들어 보였지만 산책을 나가기 전의 익숙한 몸짓으로 허리를 쭉 펴며 기지개를 켰다. 기쁘게 꼬리를 치며 장 선생의 손을 핥았다. 얼굴이 붉게 익어 땀을 흘리며 문밖에 서 있던 이씨 아저씨가 개 줄을 넘겨받고 개의 입에 재빨리 올가미를 씌웠다. 입이 막힌 개는 네 발로 버둥기며 그르렁거리는 것으로 무력하게 저항했다. 집까지 오는 내내 끌려오지 않으려고 안간힘을 썼다. 눈에 푸른 불이 이는 듯싶었다.

너희들은 집에 있어라. 어린애들이 볼만한 구경거리가 아니다.

이씨 아저씨와 공장집 아저씨, 정씨 아저씨까지 모두 개를 끌고 산을 넘어갔다. 버둥대던 개는 고개를 숙이고 순순히 끌려갔다.

저녁에 그들은 개가죽을 뒤집어쓰고 개 비린내를 풍기며 술에 취해 개처럼 짖으며 돌아왔다.

올여름 모처럼 더위치레를 잘했어. 새끼가 일곱 마리나 들어 있더구먼. 오늘내일 중에 나올 거더라고. 횡재를 한 거지.

공장집 아줌마가 커다란 냄비에 든 국을 가져왔다.

이건 너희들 몫이야.

아줌마의 눈이 개 눈처럼 노랗게 반들거렸다.

냄비에는 거무스름하고 불그레한 고기가 국물에 잠겨 있었다. 고기는 많았다. 사흘을 먹었다. 사흘째 되는 날 밤, 국을 떠먹던 우일이는 냄새가 이상하다면서 숟가락을 놓았다.

토할 것 같아, 누나.

우일이를 데리고 변소에 갔다. 우일이는 참지 못하고 변소 옆의 화단에서 우욱우욱 구역질을 했다. 이제 담장 위로 훌쩍 키가 솟고 노랗게 꽃잎을 연 해바라기가 우리를 물끄러미 굽어보았다. 나는 우일이가 토해놓은 것을 흙으로 덮었다.

불빛이 환한 연숙 아줌마의 방에서 음악 소리가 흘러나왔다. 언제나 들리던 라디오 소리가 아니었다. 처음 들어보는 것이었지만 김씨 아저씨가 부는 클라리넷 소리라는 것을 알았다. 웬일일까. 밤인데도 그가 술집에 나가지 않고 있는 것이다.

그 소리는 슬프고 아름다웠다. 이 비열하고 누추한 세상으로부터 우리를 데려가련다는 다정한 속삭임처럼. 가슴이 빠개질 것처럼 아팠다. 무심히 굽어보는 해바라기 아래 쪼그리고 앉아 나는 욱욱 헛구역질하는 시늉을 했다.

왜, 왜 그래? 누나도 토할 것 같지? 그렇지? 정말 고기에서 이상한 냄새가 났다니까.

우일이가 시큼한 냄새 나는 입가를 훔치며 걱정스럽게 나를 흔들었다.

우일이는 구구단을 외우지 못했다. 내가 내준 숙제도 해놓지 않았다. 두 팔을 들고 방구석에 서 있는 벌을 세우거나 손바닥을 치는 대신 따귀를 때리고 원산폭격을 시켰다. 나는 그 애의 누나지만 선생님 노릇도 엄마 노릇도 해야 한다. 세상에서 그 애를 돌보고 보살펴야 하는 것은 나뿐이다. 우일이는 내가 퍼부어대는 말대로 병신 등신 바보가 된다. 오줌싸개 머저리 코딱지가 된다. 쥐새끼 도둑괭이 쥐며느리라고 하면 쥐새끼 쥐며느리처럼 음침하고 비루하게 몸을 움츠렸다.

장마가 시작되었다. 언제나 비구름이 낮게 드리워 하늘이 내려앉았다.

우리는 장맛비에 갇혔다. 여러 차례 태풍이 몰려와 밤낮없이 비가 내렸다. 아버지가 우리를 데려오기 전 하루 내내 도배질했던 방 안의 벽지는 눅눅하게 들뜨고 분홍빛과 푸른빛의 곰팡이가 꽃처럼 피었다. 방바닥의 비닐 장판 틈새로 개미, 쥐며느리, 섬섬이 같은 온갖 종류의 벌레들이 다 기어다녔다. 비가 오면 학교 가기가 싫었다. 종일 누워 빗소리를 듣노라면 우리의 몸과 머리칼에서도 눅눅하게 젖은 비 냄새가 났다. 온몸에서 축축하게 버섯이 돋아나는 것 같았다. 변소에서는 길고 끈끈한 꼬리가 달린 구더기들이 기어 나왔다. 빗방울이 송송 맺힌 처마 밑의 거미줄을 보면 그 여자의 황금빛 머리털에 맺혔던 물방울들이 생각났다. 우일이와 나는 빗자루로 거미줄을 모조리 걷어버렸지만 그래도 배고픈 거미는 부지런히 거미줄을 만들어 아침이면 그곳에 조그만 나비나 벌레 들이 걸려 죽어 있었다.

지렁이 춤을 볼 테냐.

장마철이라 일거리가 줄어 전보다 자주 집에 있게 된 이씨 아저씨도 우리처럼 심심한가 보았다. 마당에 기어 나온 지렁이의 몸에 소금을 뿌리면 지렁이는 다급하게 꿈틀대며 팔짝팔짝 춤을 추었다. 이씨 아저씨의 바보 새도 심심한가 보았다. 검정 보자기를 벗겨 처마 밑에 걸어도 이따금씩 찌, 찌, 외마디 소리를 지를 뿐 날개를 늘어뜨린 채 시름없이 조용했다. 새장 안에 넣어준 쪽거울이 습기 때문에 뿌옇게 흐려져 제 모습을 비치지 않자 아마 친구가 어디론가 날아가버렸다고 생각하는지도 몰랐다. 우일이는 벽돌 위에 올라가 기우뚱 위태롭게 몸을 흔들면서 새장 살 틈에 손가락을 넣어 흐려진 거울을 닦으려고 애썼다.

밤에는 번개가 쳤다. 푸른빛이 가랑이를 벌리고 땅에 내리꽂히면 우르릉 꽝 우렛소리에 놀라 전등불이 나갔다. 촛불을 켜고 길게 타오르는 불꽃을 보노라면 그 뜨겁고 붉은 기운이 일렁이며 우리 안으로 흘러드는 것 같았다. 우리는 머리를 맞대고 물끄러미 촛불을 바라보았다. 벽에 어른대는 우리들의 커다란 그림자를 바라보았다.

우일이와 나는 산에 똥을 누러 간다. 변소 치는 사람이 안집 할머니와 싸운 뒤로 변소가 넘쳐도 치러 오지 않기 때문이다. 산으로 가려면 철길 건너 장 선생의 집 앞을 지나가야 한다. 되도록 빨리빨리 그 집을 지나치지만 자주 나는 빈 개집과 마당에 우두커니 서 있는 장 선생을 보았다.

산에는 바람이 산다. 바람이 집을 짓는다. 위로 올라갈수록 바람이 세어진다. 바람이 풍경을 흔들어 우리가 지나온 길과 동네 들은 낯설게 멀어진다.

우리는 똥을 누면서 하늘을 본다. 똥을 누는 우리들을 다람쥐나 새가 물끄러미 바라본다. 햇살이 어른대는 나무 사잇길은 어딘가 알지 못할 곳으로, 이 세상이 아닌 곳으로 뚫린 길같이 비밀스럽다. 흐린 날이면 나무들은 잎을 접고 고개를 푹 숙이고 무언가 깊은 생각에 잠겨 있는 것같이 보인다.

돌아오는 길, 철길을 건널 때면 우리는 엎드려 가만히 선로에 귀를 대어본다. 그러면 멀리서부터 기차가 달려오고 있다는 것을 알 수 있다. 기차가 멀리 산모롱이에 가려져 보이지 않을 때에도 선로는 무서워서 우웅우웅 울기 때문이다. 기차가 우리 앞을 지나갈 때면 우리는 그 긴 몸뚱어리가 완전히 사라질 때까지 입을 한껏 벌리고 아아아아 소리를 질렀다. 그러면 얼굴이 새빨개지고 목구멍이 찢어지게 아팠다. 골이 뽑혀나간 것처럼 머리가 휑하니 어지럽게 흔들렸다.

철길에서 우리는 더 자주 연숙 아줌마의 남편을 보았다. 저절로 자라난 개망초와 쑥부쟁이, 달맞이꽃이 우거진 철길을 따라 그는 점점 더 멀리까지 걸어갔다. 우리는 알은체하지 않았다. 작은 풀숲 더미에 몸을 숨겼다. 그가 숨겨 가진 마음처럼 몸도 그렇게 숨기고 싶어 할 것 같다는 생각이 들었기 때문이었다.

여름방학이 되었다. 우리는 종일 텔레비전만 보았다. 언제나 뜨끈뜨끈하게 열을 내던 텔레비전이 어느 순간 수많은 빛을 쏟아놓고는 시커멓게 죽어버렸다. 텔레비전 몸체에 붙은 단추들을 모조리 눌러보고 돌려보았지만 화면은 살아나지 않았다. 네거리의 전파사에 가보았다.

우리 아버지가 오시면 수리비를 드릴 수 있어요. 아버지는 유리로 된 아주 크고 멋있는 교회를 짓고 계세요. 돈을 많이 벌어오실 거에요.

그럼 늬 아버지가 오시면 고치러 와라.

전파사 주인 남자가 우리를 흘깃 보며 대꾸했다.

텔레비전을 볼 수 없으니 심심했다. 저녁이 되면 우리는 전자제품 가게로 나갔다. 진열장 밖에 서서 커다란 텔레비전을 볼 수 있기 때문이었다.

— 토토는 지구에서 온 아름다운 소녀 리리를 구하기 위해 마왕 아고라와 싸운다. 아고라는 은사슬 같은 마법의 그물을 던져 토토를 가둔다. 지치고 당황한 토토는 그물을 찢으며 벗어나려고 몸부림을 치지만 그럴수록 그물은 점점 옥죄어오고 아고라의 웃음소리는 캄캄한 우주에 울려 퍼진다 —

토토는 금방 빠져나올 거야. 마법의 검을 가졌거든. 우일이가 안타깝게 한숨을 내쉬었다.

여름날은 쉬이 저물지 않았다.

우일이를 데리고 고층 아파트로 승강기를 타러 갔다. 1층에서 15층까지, 15층에서 1층까지 몇 번이나 오르내리고도 우일이는 승강기에서 나오려고 하지 않았다. 승강기의 문이 열릴 때마다 나는 상담어머니가 들어설 것만 같아 가슴을 졸였다.

왜 이렇게 늦게 내려오나 했더니 너희들이 장난을 치는 거구나. 여기 사는 애들이 아니지? 왜 남의 동네에 와서 말썽을 피우니? 승강기에 오줌 싸고 침 뱉고 낙서하는 애들이 누군가 했더니 바로 너희들이구나. 혼이 나야 알겠니?

1층에서 탄 아주머니가 잔뜩 화난 표정으로 우리를 나무랐다. 7층에서 내리면서, 어서 늬네 집에 가라고 눈을 부라렸다.

누나, 오줌 마려워.

우일이가 다리를 꼬며 울상을 지었다. 그냥 여기다 싸버려. 내 말에 우일이는 바지를 내리고 승강기 안에 오줌을 누었다.

방문 열리는 소리에 설핏 눈이 떠졌다. 방 안으로 들어서는 아버지의 손에 황금빛 머리 타래가 들려 있다. 아버지는 그것을 등 뒤로 슬몃 감추었으나 나는 다 보아버렸다. 달이 밝은가? 희끄무레 떠 보이는 방 안의 어둠 속에서도 밝고 환하고 풍성하게 빛나는 황금빛을 보는 순간 나는 눈을 꽉 감았다. 무서울 땐 언제나…… 눈을 감으면 그 깜깜함이 무서움을 가려주었다. 문을 등지고 우뚝 서서 잠든 우리를 내려다보는 아버지의 모습이 어둠 저편으로 숨었다.

아비가 온 줄도 모르고 얘들이 정신없이 곯아떨어졌구나.

보이지 않는 아버지가 말했다.

아버지, 기차 타고 왔나?

우일이가 잠결에 웅얼거리며 몸을 뒤척였다. 보이지 않는 아버지가 내 옆에 무겁게 몸을 뉘었다.

더운데 웬 옷을 이렇게 겹겹이 껴입고 자니? 내가 벗겨주마.

보이지 않는 아버지의 손이 내 티셔츠를 가슴팍까지 걷어 올렸다. 술 냄새가 몹시 났다. 뜨거운 손이 가슴을 더듬었다. 이제 처녀가 다 되었구나. 만지작거리는 손길에, 젖몽오리가 도도록이 솟기 시작하는 가슴이 아얏 소리를 지르게 아팠지만 나는 비명을 참으며 눈을 꼭 감은 채 슬그머니 돌아누웠다. 보이지 않는 아버지는 손을 거두며 길게 한숨을 내쉬었다. 너희들도 불쌍하지만 나도 어지간히 불행하고 외롭고 기박한 인간이다. 잠시 후에 손이 또 건너왔다. 뜨겁고 조바심치는 손길이 젖가슴을 주무르고 엉덩이를 쓰다듬었다.

꿈이었나? 아침에 눈을 떴을 때 아버지는 없었다. 방의 윗목에 아무렇게나 팽개쳐진, 꽃잎이 황금색으로 활짝 핀 해바라기한 송이를 보았다.

어느 천벌을 받을 인간이 해바라기 모가지를 꺾어 갔나.

매일 아침 물을 주고 올려다보며 씨가 영글 때만을 기다리던 안집 할머니는 하루 종일 화가 나서 어쩔 줄을 몰랐다. 나는 목잘린 해바라기꽃을 검정 비닐봉지에 꼭꼭 싸서 아무도 모르게 쓰레기통 밑바닥에 버렸다.

우일이가 만화방에 다니기 시작했다. 하루 종일 텔레비전을 볼 수 있기 때문이었다. 거기에는 항상 창고에 사는 언니와 오빠 들이 있었다. 그들은 그곳에서 라면을 끓여 먹고 담배를 피우고 비디오를 보거나 만화를 본다. 우일이를 아톰, 타잔, 꼬마동지라고 친근하게 부르며 귀여워했다.

우일이는 집에 붙어 있지를 않았다. 저녁때가 되면 나는 자주 빈 창고나 만화방으로 우일이를 부르러 갔다. 그 애는 형들이 내미는 담배를 한 모금 빨다가 얼굴이 빨개지도록 기침을 하기도 했다.

우일이가 변해가는 것은 개에게 물린 탓이다. 우리는 개를 먹어서 개처럼 되어간다.

저녁때가 되어도 연숙 아줌마의 남편은 일하러 나가지 않았다. 불경기라 사람들이 술을 전처럼 많이 먹지 않기 때문에 해고당한 것이라고 했다. 저녁마다 술집에 나가는 대신 김씨 아저씨는 철길을 따라 난 길로 산책을 나간다. 고개를 더욱 깊이 숙이고 조금씩 더 멀리, 더 오랫동안 철길을 따라 걷는다. 가물가물 조그맣게 멀어지다가 풀숲에 숨어 엿보는 우리의 눈길에서 감쪽같이 사라져버리기도 한다. 방에서 도란거리거나 웃음소리가 나는 일도 드물었다. 나는 전처럼 자주 연숙 아줌마의 방에 놀러 갈 수가 없었다. 아줌마도 아저씨도 뚱한 얼굴로 시무룩하기 때문이다. 아저씨도 아줌마를 때릴까. 남자들은 돈을 벌지 못해 가난해지면 여자들을 때리고 아이들을 내던진다.

안집 할머니는 나날이 마귀할멈처럼 사나워져갔다. 늬 아버지 왔다 갔느냐, 어떻게 생겨먹은 인간이냐? 때 없이 벌컥벌컥 우리 방문을 열고 화를 내었다. 화단의 해바라기가 새카맣게 영글어 매일 그 씨를 먹어도 연숙 아줌마가 조금도 나아지는 것 같지 않기 때문일 것이다.

철길을 따라 날마다 조금씩 멀어져가던 김씨 아저씨가 마침내 돌아오지 않게 되었을 때, 나는 어둠을 무서워하는 연숙 아줌마가 누워서도 불을 켤 수 있게끔 형광등의 줄을 길게 늘어뜨려주었다. 살아가자면 누구나 그런 일쯤, 어둠을 몰아내는 일쯤은 혼자 할 수 있어야 한다.

그이는 이제 오지 않을 거야. 그만큼 견딘 것도 너무 힘들었을 거야.

없어진 것은 검은 가죽 가방 하나뿐인데도 이상하게 휑하니 빈 듯 갑자기 낯설어진 방 안에서 연숙 아줌마는 어린애처럼 소리 내어 울었다. 나는 그 여자가 나갔을 때 사람들이 그랬듯이, 아저씨가 곧 돌아올 거라든가 걱정하지 말라든가 하는 말을 하지 않았다. 김씨 아저씨가 하던 것처럼 아줌마의 머리를 빗어 땋아주고 손톱에 빨간 매니큐어도 발라주었다.

이렇게 될 줄 나는 벌써부터 알고 있었던 거야. 그때 고추를 널러 지붕에 올라갔을 때, 엄마에게는 발을 헛디뎠다고 말했지만 나는 무서웠어. 그이를 사랑하고 너무너무 행복했기에 내 행복이 불안하고 믿을 수 없었던 거야……

연숙 아줌마는 두 손바닥으로 얼굴을 가리고 울었다.

여름의 끝 무렵인데도 더위는 기승을 부렸다. 이씨 아저씨의 과부 새는 종일 목욕을 하느라 물통의 물을 튀기며 부산을 떨었고, 이씨 아저씨는 하루에도 여러 차례 수돗가에서 웃통을 벗고 엎드려, 우미야, 물 좀 콱콱 끼얹어다오, 부탁을 했다.

문 형도 여기서 찬물 좀 뒤집어써요. 한여름에 윗도리 훌렁 벗고 목물하는 기막힌 맛은 우리 조선 사람들밖엔 모를 거유.

어푸어푸 시원하다, 연신 숨찬 소리를 내며 이씨 아저씨는 양동이로 물을 담아 나르는 공장집 아저씨에게 말했다. 공장집 아저씨는 아무리 더워도 러닝셔츠 바람으로 문밖에 나오지 않았다. 수돗가에서 몸을 씻지도 않았다. 부엌에 수도가 없는 것은 어느 방이나 마찬가지인데도 불평 없이 안집 마당의 수돗물을 받아 날라 부엌문을 꼭 닫고 목욕을 했다. 안집 할머니는 '천상

양반'이라고 했지만 이씨 아저씨는 그럴 만한 이유가 있겠지, 한 눈을 찡긋하며 나를 쳐다보고 묘한 표정으로 씩 웃었다.

내가 왜 그랬을까. 반찬을 담아 온 그릇을 돌려주려고 했을 뿐이다. 공장집의 닫힌 문을 열자 부엌에서 벌거벗고 물을 끼얹던 아저씨가 얼결에 돌아보고는 어어, 비명을 지르며 불룩한 가슴을 싸안았다. 나는 돌려주려던 그릇을 그대로 쥔 채 우리 방으로 뛰어 들어왔다. 이 못된 계집애. 뒤쫓아 나온 앙칼진 아줌마의 목소리가 뒤통수를 후려갈겼다.

개학을 했다. 우일이는 학교에 가려고 하지 않았다. 창고에 사는 언니 오빠 들과 어울려 다니며 점점 더 늦게 들어왔다. 왜 늦게 다니느냐, 불량배가 되려느냐고 소리치자 상관 마, 하고 대꾸를 했다. 내가 때려주자 우일이는 눈썹을 밀고 들어왔다. 팔뚝에, 심장과 심장을 꿰뚫은 화살 모양의 문신을 했다. 모두 형들이 해주었다고 했다.

아프지 않았어? 피 나지 않았어?

내가 묻자 그 애는 어깨를 으쓱했다.

나는 겁 없는 남자가 될 거야. 무서운 게 없어지는 약을 먹거든.

가슴과 배에도 더 크고 멋진 문신을 할 거라고 말했다. 우일이는 점점 비밀이 많아진다. 겁 없는 남자가 되려고 잇새로 침을 뱉고 조그만 늙은 원숭이처럼 얼굴을 찡그리고 찡그린다.

우일이는 더 이상 구구단 외우기를 하지 않지만 나는 여전히 숙제를 내주고 원산폭격을 시키고 따귀를 때렸다. 우리는 때로 전선줄에 나란히 앉은 두 마리의 참새처럼 정답고 때로 덫에 갇힌 두 마리의 시궁쥐처럼 사납게 물어뜯고 싸운다. 왜, 무엇 때문에 때리는지조차 잊어버리고 다만 발로 차고 머리통을 벽에 찧고 타고 앉아 짓누르다 보면 얼굴이 빨갛게 달아오르고 등에 흥건히 땀이 찼다. 때리는 나와 맞고 있는 우일이는 어떤 경우에도 소리 내지 않는다. 안집 할머니는 말한다.

어떻게 이렇게 빈방처럼 조용하냐. 어린애들이 너무 일찍 철드는 꼴도 처량맞구나.

나보다 키가 훨씬 작고 힘도 없지만 겁 없는 남자가 되려는 우일이는 낮고 음침한 소리로 말한다. 내가 크면 누나를 죽여버릴 거야. 나는 모른 체하고 일기를 쓴다. 상담어머니는 두 주일에 한 번씩 규칙적으로 나를 만나러 온다. 헤어질 때는 나를 좋아한다고, 언제나 나를 생각하고 있다고 말한다.

'아침에 일어나 이 닦고 세수하고 학교에 갔다. 첫째 시간은 국어 시간이고 둘째 시간은 산수 시간이다. 셋째 시간은 자연 시간이다. 넷째 시간은……'

가을이 깊어갔다. 바람결이 스산해졌다. 모가지 잘린 해바라기 줄기들이 수수수수 바람에 말라갔다. 밤이면 문득 우리가 아무 말도, 아무것도 하지 않고 오랫동안 멍하니 앉아 있을 뿐이라는 것에 깜짝 놀라기도 한다. 우일이는 어깨를 치켜올리고 바지 주머니에 손을 찌르고 우울하게 찌푸린 얼굴로 나를 바라본다. 눈썹을 밀어버린 우일이의 얼굴은 무섭다.

우리는 거의 말을 하지 않는다. 아무런 생각 없이 방 안을 둘러보다가 무심히 눈길이 가닿아 멎는 곳의 모든 것이 문득 낯설고 이상해 보인다. 나는 밥상의 다리가 셋인 것이 이상하고 내가 입고 있는 블라우스의 단추가 다섯 개인 것이 불안하고 이상하다.

방바닥을 들치면 죽은 벌레의 껍질이 나왔다. 우리가 여름내 잡았는데도, 알 수 없는 일이다.

벨을 눌렀다. 작은 여자아이가 문을 열었다.

엄마아, 어떤 언니가 왔어.

그 애의 부름에 상담어머니가 나왔다. 화장하지 않은 얼굴이 다른 사람 같았다. 나를 보고 눈이 둥그래졌다.

웬일이니? 어떻게 왔지?

일기를 가져왔어요.

상담어머니는 지난주에 나를 만나러 오지 않았다. 현관에서는 보이지 않는 거실에서 여러 사람의 말소리가 들렸다.

내게 주고 가렴. 이따가 볼게. 손님들이 계시단다.

나는 현관에 가만히 서 있었다. 상담어머니는 잠깐 난처한 표정을 지었지만 상냥하게 웃으며 현관 옆의 작은 방으로 나를 들여보냈다. 작은 여자아이가 과자 접시를 들고 들어와 나를 빤히 쳐다보았다. 그 애의 눈은 쌍꺼풀 없이 조그맣고 콧등에 점도 없었다. 나는 방 안을 휘둘러보았다. 방의 한편에 피아노가 있고 그 위에 사진틀이 있었다. 나는 사진 속의, 남자 어른과 상담어머니, 남자아이와 여자아이를 자세히 들여다보았다. 그 아이들은 상담어머니와 조금도 닮아 보이지 않았다.

왜 집은 알려주고 그랬어? 자꾸 찾아오고 그러면 성가시잖아?

열린 문틈으로 거실의 낯선 목소리가 들려왔다. 이어 소리 죽인 수군거림들이 수런수런 들렸다. 나는 일기장을 들고 방을 나왔다. 거실의 말소리들이 뚝 끊기고 상담어머니가 나왔다.

왜, 가려구? 조심해 가거라. 학교에서 만나자, 응?

현관문을 닫고 나오는데 작은 여자아이의 말소리가 들렸다.

엄마, 누구야?

엄마 아빠 없는 불쌍한 언니란다. 엄마가 저 언니의 상담어머니야.

승강기 안은 깨끗했다. 우일이가 오줌을 누었던 자국 같은 것은 없었다. 냄새나, 고약한 냄새가 난다구. 아무런 냄새가 나지 않는데도 나는 커다랗게 말하면서 우일이처럼 얼굴을 찡그리고 찡그리며 승강기 바닥에 침을 뱉었다.

정씨 아저씨가 교통사고를 당했다. 택시에 부딪혀 넘어져 머리를 다쳤다고 했다. 집에 연락이 와서 이씨 아저씨가 다녀왔다. 머리가 깨져 붕대를 감고 있는데도 정신이 돌아오자 자꾸 병원에서 나가겠다고, 조그만 생채기일 뿐이라고 어거지 부리는 것을 간신히 타일렀다고 했다.

그러니까 말씀이야, 교통사고를 당하면 무조건 병원엘 가야 한다구. 아무리 겉으로 멀쩡하다 해도 최소한 보름은 병원에 드러누워 휴식을 취하면서 골고루 뼈 사진도 찍고 관찰해야 한단 말씀이야. 내 아는 사람도 차에 받혔는데 아무런 상처도 없어 제 발로 멀쩡히 걸어 집에 들어왔거든. 그런데 사흘 만에, 밥숟갈 들다가 픽 죽어버렸어. 알 수 없는 일이라구. 일부러 엄살을 떨어서라도 한몫 뜯어내는 건데. 암, 절대로 쉽게 합의를 보지 말라고 했지. 일단 합의를 봤다 하면 이쪽이 죽는대도 저쪽 책임은 없거든. 그렇게 알아듣게 말했는데도 막무가내야. 아무것도 필요 없으니 그냥 나오겠다는 거야. 사람이 막혀도 원, 그렇게 아래위로 꽉 막혀서 똥은 어떻게 누나.

사고 낸 사람 처지가 영 딱한 모양이지. 정씨가 그래 봬도 맘이 약하고 인정이 많은 사람이야.

안집 할머니가 시름없이 대꾸했다.

그래도 한 울타리 사는 인정이 그런 게 아니라고, 보아하니 피붙이 하나 없이 외로운 처지인 것 같더라고 말하며 죽을 끓여 들고 병원에 갔던 공장집 아줌마가 놀란 얼굴로 돌아왔다. 병원에서 감쪽같이 사라져버렸다는 것이다.

오후가 되어 낯선 남자 둘이 찾아왔다. 그들은 다짜고짜 정씨 아저씨의 방문을 열어젖히고 구둣발로 들어갔다. 정씨 아저씨의 진짜 이름이 정문수가 아닌 전성철이라는 것, 오래전 시골에서 물꼬 싸움을 하다가 삽으로 사람을 쳐서 죽이고 도망을 다니는 중이라는 것, 병원에서 신분이 탄로 났다는 것을 그 사람들로부터 들었다. 안집 할머니나 공장집 아저씨는, 그 사람이 좀 별나기는 했지만 살인범이라니 믿기지 않는다고 고개를 설레설레 저었지만, 이씨 아저씨는 진작부터 그럴 줄 알았다고 했다.

어쩐지 수상하다 했어. 햇빛 아래 대명천지에 나설 몸이 아니었던 게지. 개 잡을 때 솜씨 봤지? 단매에 쳐 죽이는데 전신으로 살기를 내뿜더라구. 그래도 아쉽다, 아쉬워. 여섯 달만 넘기면 공소시효 만료라던데. 하지만 다 운수 소관이지 뭘. 그래도 내가 의리는 있지. 그 친구 필시 오징어배 타러 속초 쪽으로 내뺐을 거구먼. 내 그 말은 안 했지. 정씨 그 사람, 다 집어치우고 오징어배나 타러 가겠다고 내게 말한 적이 있거든.

신발 신은 채로 성큼 정씨 아저씨의 방으로 들어가 한바탕 뒤지고 난 그들이 아저씨가 나타나면 신고하라는 당부를 하고 간 뒤 우리도 그 사람들처럼 거침없이 방으로 들어갔다. 이제껏 정씨 아저씨의 방, 언제나 굳게 닫혀 있는 방을 들여다본 사람은 아무도 없었다.

저리 가. 쬐끄만 게 아무 데나 머릴 디밀고……

공장집 아줌마가 팔꿈치로 나를 밀치며 흘겨보았지만 나는 못 들은 체하고 얼른 방 안으로 들어갔다. 여름날, 그 집 부엌문을 열어본 뒤로 공장집 아줌마와 아저씨는 절대로 내게 말을 걸거나 쳐다보지 않는다.

벗어 던진 병원 환자복과 핏물이 밴 붕대, 펼쳐진 채로의 이부자리들을 보면서 아주 급했군, 다급했다구, 이씨 아저씨가 고개를 주억거렸다. 모두들 벽에 걸린 옷가지, 라면 찌끼가 말라붙은 더러운 냄비와 버너, 식빵 봉지 따위 살인자의 물건들을, 무언가 숨어 있는 단서를 잡으려는 듯 유심히 살폈다. 이씨 아저씨는 누런 물이 차 있는 투명한 플라스틱병의 뚜껑을 열고 킁킁 냄새를 맡다가 얼굴을 찡그렸다.

여기다 오줌을 눴어. 미친놈이야. 장사하러 다닌다고 했지만 박쥐처럼 아무도 모르게 방에 틀어박혀 있었던 게 틀림없어.

방은 끔찍이 더럽고, 어둡고 밀폐된 공간의 퀴퀴한 냄새, 밤마다 벽을 긁던 흐느낌, 불안하고 나쁜 꿈의 억눌린 비명이 배어 있었다.

세상에! 무덤 같아.

방을 휘둘러보던 공장집 아줌마가 진저리를 치며 탄식을 내뱉었다.

할머니, 돼지머리 삶아 고사를 지냅시다. 굿을 하든지…… 아무래도 지신이 들뜬 모양이야. 나간 귀신이 들렸나, 이 집이 왜 이 모양이우?

나는 예수 믿으려네. 연숙이 병 고치고 죽은 담에 천당 갈라네.

이씨 아저씨의 말에 안집 할머니가 완강하게 고개를 흔들었다.

너희 집에 가볼 수 있겠니? 네가 사는 방을 보고 싶구나.

여느 때와는 달리 수업이 끝날 무렵 찾아온 상담어머니가 나를 앞세우며 말했다.

나는 상담어머니와 같이 교문을 나왔다. 학교를 지나고 슈퍼를 지나고 철길을 건넜다.

아직 멀었니?

아니요, 거진 다 왔어요.

빈 창고를 지나고 침쟁이 장 선생의 집을 지나 낮은 둔덕을 넘었다. 그 너머에는 내가 한 번도 가본 적이 없는 낯선 동네가 사위어가는 저녁빛 속에 엎드려 있었다. 상담어머니는 가쁜 숨을 몰아쉬며 자꾸 물었다.

아직도 많이 더 가야 하니?

조오기요.

아주 먼 곳에서 학교를 다니는구나. 나는 처음 오는 동네야.

뾰족구두를 신은 상담어머니는 발을 절룩이며 두리번거렸다. 목재소를 지나고 미장원을 지나고 시장 거리를 지났다. 해가 완전히 지고 어둠발이 내렸다. 납작한 집들 사이로 숨어 있는 좁은 골목으로 들어설 때 상담어머니가 불안하게 떨리는 목소리로 나를 불렀다.

얘, 우미야. 어디 있니? 어디 숨었느냐구. 장난치면 못써.

상담어머니는 장님 같았다. 그녀가 서 있는 바로 옆집 굴뚝 뒤에 숨어 있는 나를 보지 못했다. 상담어머니가 오래도록 헛되이 나를 부르다 가버리는 것을 보고 나는 집으로 돌아왔다. 어딘지도 모르고 무작정 걸어갔던 먼 길을 되돌아 '셋방 있음'이라고 서툴게 쓴 종이가 붙어 있는 낯익은 대문 앞에 섰을 때는 허기와 피로로 쓰러질 것만 같았다.

저녁을 먹고 난 우일이가 슬그머니 집을 나갔다. 밤새 돌아오지 않았다. 나는 꿈을 꾼다. 장다리꽃이 만발한 채마밭에서 헬멧을 쓰고 바지를 발목까지 내린 남자가 나를 손짓해 불렀다. 헬멧으로 가려진 얼굴은 알아볼 수 없었다. 나를 부르는 소리는 위협적이지 않았다. 어찌할 수 없는 아픔, 손 닿을 수 없는 곳의 가려움증을 호소하는 것처럼 안타깝게, 거의 애원하는 듯이 들리기도 했다. 나는 그가 난처하게 움켜쥐고 있는, 커다랗게 부풀어오른 사타구니를 바라보았다. 얘야, 여길 좀 만져줘. 보랏빛과 흰빛의 장다리꽃이 가득 핀 위로 벌과 나비가 미친 듯 닝닝대며 날고 있었다. 그가 내 손을 잡아 자기의 시커먼 사타구니에 갖다 대었다. 나는 뿌리치고 달아났다. 뜨겁고 단단한 느낌이 그대로 손에 남았다. 그가 나를 죽일지도 모른다는 무서움 때문에 달아나면서도 자꾸 뒤를 돌아보았다. 그가 더 이상 따라오지 않는데도 나는 죽을힘을 다해 달아났다. 낭떠러지에 이르러 떨어진다고 생각하는 순간 발에 힘을 주자 신기하게도 몸이 둥실 떠올랐다. 나는 날았다. 나는 꿈속에서 이것이 꿈이라고 생각한다. 날아오르는 꿈을 밟으며 힘겹게 질질 끄는 발소리가 들린다. 정씨 아저씨가 돌아오는가 생각한다. 그러나 정씨 아저씨는 사람을 죽이고 도망가지 않았나, 고쳐 생각한다. 발소리는 방문 앞에서 멎고 문이 슬며시 열리면서 누군가 들어온다. 얼굴이 지워진 누군가가 푸르스름한 새벽빛 속에서 푸른 그림자로 스며든다. 푸른 그림자는 이불을 들치고 쓰러지듯 곁에 와 눕는다. 나는 눈을 뜨지 않고 그냥 꿈을 꾼다. 나는 얼마든지 꿈을 이어가는 방법을 알고 있다. 나의 꿈속에 기운 없는 말소리가 끼어든다. 누나, 머리가 몹시 아프고 메스꺼워. 토할 것 같아…… 그 집엘 갔었어. 식구들이 모두 여행을 떠나 빈집이라고 그랬거든. 형들이 홈통을 타고 2층으로 올라가라고 그랬어. 내가 먼저 들어가 안에서 현관문을 열어주기로 했는데…… 나는 무서웠어. 날개를 빳빳하게 편 커다란 새들이 모두 꼼짝 않고 나를 바라보고 있었어. 형들이 겁나지 않는 약을 주어서 그걸 먹었는데도 아무 소용이 없었어. 너무 무서워서 2층에서 그냥 뛰어내렸어. 형들은 다 잡혔을 거야.

나는 꿈을 계속 꾼다. 아버지는 댐 공사장에서 일을 하고 있다. 발목에 쇠사슬을 감은 남자들이 물속으로 걸어 들어가고 있다. 해가 둥근 유리 지붕을 태우고 아버지를 먹어버린다. 꿈속의 내가 들어간 집 캄캄한 어둠 속에서 개와 새와 늑대와 뱀의 박제들이 이빨을 드러내고 파랗게 눈을 뜨고 있다. 나는 달아난다. 굴러떨어진다. 어디선가 낮게 웅얼거리는 소리, 흐느끼는 소리들이 들려온다. 박쥐처럼 숨어 살던 정씨 아저씨는 더 멀리 달아났는데…… 벽이 우나?

우일이는 아침이 되어도 일어나지 않았다. 흔들어도 움직이지 않는 눈길로 가만히 나를 쳐다보았다. 머리맡에 음식물을 토해놓았다. 입가에도 음식 찌끼가 말라붙어 있었다. 나는 멍하니 그 애와 내가 엊저녁 먹었던 음식들, 죽처럼 걸쭉하고 시큼한 냄새를 풍기는 그것들을 바라보았다.

나는 우일이의 입가를 닦아주고 토한 것을 치웠다. 어젯밤, 어쩌면 오늘 새벽 우일이가 했던 말들을 기억해내려 애썼다. 밥을 머리맡에 놓아주며 어서 일어나 밥을 먹어라, 큰 소리로 말하고 학교에 갔다.

셋째 시간이 끝난 뒤 3층 우일이네 반으로 갔다. 우일이의 자리는 비어 있었다.

집에 돌아왔을 때 우일이는 여전히 눈을 말갛게 뜬 채 그대로 누워 있었다. 일어났던 흔적은 없었다. 나는 밥을 지었다. 밥상을 차린 후 우일이의 몸을 흔들었다. 우일이는 일어나지 않았다. 추운가? 이불 속이 서늘했다.

밥을 먹어라. 그렇게 굶으면 난쟁이가 된다.

큰 소리로 말하곤 밥을 먹었다. 밥상을 윗목에 밀어두고 숙제를 하고 일기를 썼다.

'아침에 일어나 세수하고 이 닦고 학교에 갔다. 첫째 시간은 국어 시간이고 둘째 시간은 산수 시간이고 셋째 시간은 자연 시간이고 넷째 시간에는 체육을 했다……'

일기를 쓰고 나니 할 일이 없었다. 눈을 뜬 채 꼼짝 않고 누워 있는, 눈썹을 모조리 밀어버린 우일이의 얼굴이 무서웠다. 연숙 아줌마의 방에도 갈 수 없었다. 요즘 연숙 아줌마 방에서는 늘 흘러나오는 라디오 소리 대신 끝없이 길고 간절한, 울음 섞인 기도 소리가 들린다. 교회 다니는 여자가 연숙 아줌마의 병이 낫기를 기도해주는 것이다. 안집 할머니는 기도 시간에 내가 그 방에 들어가는 것을 싫어했다. 우일이가 나오지 못하게, 밤거리를 함부로 싸다니지 못하게 밖으로 자물쇠를 채우고 집을 나왔다.

포장마차가 꽃등처럼 불을 밝히고 있다. 주황색 불빛이 따뜻하게 흘러나오는 곳에서 사람들의 말소리 웃음소리 들이 시끌벅적하게 들려왔다.

누굴 찾으러 왔니? 늬 아빠 찾으러 왔니? 늬 엄마가 부르러

보냈어?

오줌을 누러 나왔던 남자가 비칠비칠 걸어와 말했다. 그가 내 팔을 잡고 포장마차 안으로 들어갔다.

어이, 김 주사. 당신 딸이 찾으러 왔어. 제수씨가 보냈다네.

남자 어른들이 둘러앉은 포장마차 안은 고기 타는 연기와 냄새로 훈훈했다.

사람들의 얼굴이 불빛에 벌겋게 번들거렸다.

우리 막내딸이 왔네. 여기 앉아라.

너, 아저씨 따라가서 딸이 될 테냐? 정말 우리 집에 가서 살래? 아줌마, 여기 꼬치 좀 줘요. 너, 닭똥집도 좋아하지?

키워서 잡아먹을 작정인가. 옷도 사 주고 맛있는 것도 사 주면서?

아저씨들은 친절했다. 옆자리에 앉히고 닭똥집도 꼼장어도 집어 주었다.

잘 먹는구나.

나는 뭐든지 잘 먹어요.

그럼 이것도 마셔볼 테냐?

나를 데리고 들어온 아저씨가 조그만 잔에 술을 한 잔 따라 주었다.

그냥 꿀꺽 삼키면 되는 거야.

나는 그것을 꿀꺽 삼켰다. 목 안이 화끈하고 금시 얼굴이 달아올랐다.

너 몇 살이냐?

열두 살요.

거짓말하면 못쓴다. 아주 숙성해 뵈는데?

정말이에요. 비행기가 하늘에서 떨어졌을 때 태어났으니까요. 그때 사람들이 수도 없이 많이 죽었대요. 내 이름은 우미예요. 우주에서 제일 예쁜 아이구요. 내 동생은 우일이에요. 우주에서 제일 멋진 남자가 되라고 우리 엄마가 그렇게 지었대요.

우주에서 제일이라구? 네 엄만 욕심이 많구나. 어느 해였지? 비행기가 떨어져 사람들이 떼죽음을 했던 때니까. 그래 네 말이 맞다. 열두 살이구나.

비행기가 떨어졌을 때 나는 태어났다. 아버지는 꽃을 기르고 있었다. 그해 꽃값이 좋았다. 시든 꽃들도 비싼 값에 팔렸다. 온 나라 방방곡곡이 꽃에 뒤덮이고 아버지는 돈을 크게 벌었다. 막 태어난 나는 예쁜 요람을 갖게 되었다. 꽃장수는 떼죽음이 있어야 돈을 번다고 아버지는 두고두고 그 시절을 그리워했다. 나는 실제로 커다란 비행기의 밑창이 물고기 배처럼 갈라지고 인형처럼 두 팔과 다리를 벌린 채 떨어져내리는 사람들을 본 것 같았다. 커다란 비행기가 폭발음을 내며 기우뚱 날개를 흔들다가 커다란 불꽃이 되어 사라지는 모습도 본 것 같았다. 그 얘기를 하도 많이 들었기 때문일 것이다. 어쩌면 나도 그때 그렇게 떨어진 아이들 중의 하나인지도 모른다.

아버지는 그 후 큰돈을 쥐어보지 못했다. 다음 해의 우박과

홍수로 집과 꽃밭을 떠내려보내고 도시로 나왔다. 우일이는 운이 나빴다. 그 애를 낳았을 때 아버지는 빈털터리였다. 우리가 아주 가난해졌을 때 우일이는 나뭇가지처럼 가느다란 팔다리와 커다란 머리통을 가진 아이로 태어났다.

얼굴은 나이가 들어 보이는데. 몸을 보라구, 아직 어린애잖아? 그런데 왜 이렇게 얼굴이 늙었니?

자꾸 어린애 어린애 하지 말아요. 애 큰 게 어른이지 첨부터 어른인 사람은 없다구요.

나는 깔깔 웃으며 대꾸했다. 누군가 간지럼을 태우는 것처럼 까닭 모르게 자꾸 웃음이 나왔다.

어서 가지 못하겠니? 조그만 게 밤에 쥐새끼처럼 돌아다니면 안 돼. 이런 데서 얼쩡거리면 파출소에 데려가겠다.

아까부터 구석 자리에서 찌푸린 얼굴로 나를 바라보던 한 아저씨가 떠다밀 듯 사나운 손짓을 하며 호통을 쳤다.

가면 될 거 아녜요? 왜 소릴 질러요?

나는 깔깔 웃으며 포장을 들치고 밖으로 나왔다. 터져나오는 웃음을 참을 수 없었다.

다음 날에도 우일이는 일어나지 않았다. 밥상의 밥이 쉬었다. 나는 상한 밥을 쓰레기통에 버리고 다시 밥을 지었다. 새로 지은 밥을 우일이의 머리맡에 놓고 야단을 쳤다.

어서 일어나 밥 먹으라니까. 굶어 죽고 싶으냐.

우일이가 입을 삐뚜름히 하고 웃기 시작했다. 처음 보는 표정이었다. 무언가 말하고 싶어 하는 듯했지만 나는 쌀쌀하게 외면하고 집을 나왔다. 학교에 가서도 매시간 수업 끝나는 종이 울리면 3층 우일이의 반으로 뛰어가 비어 있는 우일이의 자리를 보았다.

돌아오는 길에는 만화방을 기웃거렸다. 창고에 사는 오빠와 언니 들은 여전히 담배를 피우고 만화를 보며 알은체를 했다.

니 동생, 꼬마 타잔은 잘 있니? 요즘 통 안 보이더라.

나는 학교 수업이 끝난 후 곧장 집으로 돌아가지 않았다. 아버지가, 서울로 가는 기차역이라고 일러준 초록 지붕의 역 건물 대합실에서 다음 기차가 도착할 때까지, 기차에서 내린 사람들이 모두 뿔뿔이 흩어질 때까지 우두커니 서 있다가 한 발자국 한 발자국 천천히 세며 발길을 돌렸다.

해 질 무렵 개천가에서 장 선생을 만났다. 장 선생은 늘 데리고 다니던 개 대신 지팡이를 짚고 느릿느릿 걷고 있었다. 땅끝에서부터 오듯 그림자가 길고 길었다. 나는 개천 둑에 앉아 오리를 바라보고 있었다. 더러운 물속에서 물에 잠긴 쓰레기들을 뒤지며 오리들이 꽥꽥거렸다.

어딜 갔다 오세요?

나는 오리처럼 꽥꽥 소리를 질렀다. 그는 금시 내 목소리를 알아차렸다.

늬 동생은 발이 어떠냐. 왜 침을 맞으러 오지 않니?

다 나았어요. 이젠 멀쩡하다구요.

거기서 뭘 하고 있니? 무엇을 보고 있니?

해가 지고 있어요. 개천 물이 흐르고 오리들이 놀고 있어요. 바람이 나무에 사무치구요, 해는 둥글고요. 산은 높고 나무들이 있지요. 새들이 날아다녀요. 선생님은 회색 옷을 입었구요. 키가 크고요. 땅은 땅빛이구요.

비닐봉지와 깡통, 부글부글 끓어오르는 거품 사이로 가냘픈 물줄기가 아프다 아프다 신음하며 간신히 흐르고 있었다. 더러운 물에 노을 지는 붉은 하늘이 비쳐 있었다.

그와 헤어져 오면서 나는 두 팔을 앞으로 쭉 뻗으며 눈을 감고 걸어보았다. 아무것도 보이지 않았다. 두 발자국도 걷기 전에 돌부리에 걸려 비틀거렸다. 눈먼 장 선생에게는 무엇이 보일까. 그는 왜 눈이 멀었을까. 견딜 수 없이 무서워질 때 내가 그렇게 하듯 장 선생도 태어나는 순간, 너무 무서워 눈을 꾹 감아버린 것이나 아닐까.

집에 돌아와 방문을 열 때 나는 잠깐 귀를 기울였다. 물이 끓을 때처럼 낮게 쇠쇠 하는 소리가 들려왔다. 그것은 낮게 흐르는 물소리 같기도 했다. 우일이의 말소리였다. 우일이가 말을 하기 시작했다. 내가 들어서는 줄도 모르고 떠들어대었다. 우일이의 얼굴에서 목덜미까지 그늘이 진 듯 푸르스름했다.

누나, 엄마가 왜 그랬을까. 아주 추운 날인데도 엄마는 우릴 발가벗겨 내쫓곤 했었지. 엄마는 늘 울었어. 왜, 왜 그랬을까?

우일이의 목소리가 점점 커졌다. 나는 말소리가 새어 나가지 않게 창문 틈을 메웠다. 처음 이사 왔을 때 아버지가 연탄가스 새는 것을 막기 위해 방의 굽도리와 방바닥의 갈라진 틈을 테이프로 붙였던 것처럼 틈마다 테이프를 붙였다. 골목 쪽으로 난 창문에 보자기를 치자 방이 어두워지고 오후에 드는 햇빛이 한결 엷어졌다. 그래도 방문 틈으로 말소리가 새어 나왔다. 나는 문의 자물쇠를 열 때마다 소리를 듣지 않으려고 잠시 훅 숨을 멈추곤 했다.

우일이는 이제 혼자 있을 때도 말을 그치지 않았다. 햇빛도, 바깥의 소음도, 우리를 두렵게 하던 바람도, 이씨 아저씨의 빈 방에서 들리는 새의 울음도 우일이의 말을 그치게 하지 못했다. 불을 꺼도 어둠 속에서 그 애는 계속 말한다. 그 애의 말을 듣노라면 숨이 막히고 메스꺼워 토할 것만 같았다. 집을 나간 김씨 아저씨를 향해 퍼붓는 안집 할머니의 무력한 악다구니도, 연숙 아줌마의 방에서 들리는 길고 긴 기도 소리와 온 집 안을 축축이 적시는 가늘고 검질긴 아줌마의 울음소리도 그 애의 말을 그치게 하지 못한다.

우일이의 몸은 점점 물컹하고 조그매진다. 몸속의 것들이 모조리 말이 되어 빠져나오는가 보았다. 우일이가 쏟아놓은 말들이 물처럼 방 안을 가득 채우고 있어 숨을 쉴 수가 없었다. 코를 틀어막았다. 가슴이나 배 속에서 뭔가 이상한 것들이 자라는 것처럼 메스꺼워졌다. 밤이면 작은 벌레들이 골을 파먹어 텅 빈 껍질만 남아 있는 듯 아무런 생각도 할 수 없었다.

눈에 새빨간 불꽃이 생겼다. 흰자위에 핏물이 뭉쳐 빨간 점이 생긴 것이다. 너울대며 흔들리는 불꽃이 눈 안에 가득 차는 것만 같았다.

음식을 썩이냐? 웬 냄새가 이렇게 고약하냐. 생선 대가리 썩는 냄새야. 쓰레기통은 제때 비워라. 네 동생은 어딜 갔니? 이런, 삼이 섰구나. 눈에 불이 들었어.

얼굴을 찡그리고 코를 킁킁대던 안집 할머니가 내 눈을 유심히 보았다.

삼을 잡아야겠다. 백노지에 네 얼굴을 그려가지고 낼 아침 동틀 때 마당으로 나와라. 특히 눈을 또렷하게 그려야 한다.

나는 일기장을 폈다. 그러나 우일이가 떠드는 소리에 시끄러워 도무지 쓸 수가 없었다. 한 장을 넘겨 날짜를 쓰고 '맑음'이라고 쓴 뒤 일기장을 덮었다.

다음 날 새벽 동틀 무렵 안집 할머니가 나를 불렀다. 부엌문 바깥쪽에 내 얼굴을 그린 종이를 붙인 다음 내 몸을 떠오르는 해를 향해 세웠다.

눈을 깜짝이지 말고 해를 똑바로 바라보아야 한다.

안집 할머니가 단단히 일렀다. 천지에 가득한 어둠을 걷어내며 산의 뒤편으로부터 붉은 기운이 퍼지더니 어느 순간 불끈 해가 솟았다. 눈이 부셨지만 나는 눈을 깜박이지 않았다. 해의 한가운데, 타오르는 선홍의 불꽃이 보였다. 그것은 빠르게 너울대며 다가와 뜨거워라, 외칠 사이도 없이 순식간에 내 두 눈을 찔렀다. 눈알이 타버릴 것처럼 뜨거워지고 천지간에 가득한 흰빛뿐, 갑자기 장님이 된 듯 아무것도 보이지 않았다. 어디선가 아득하게 새소리가 들려왔다. 그리고 하늘도 산도 집도, 나란히 서 있는 나와 안집 할머니까지 모조리 삼켜버린 그 흰빛 속으로 날아가는 새를 보았다. 내가 바라보는 동안 그 새는 하나의 점처럼 조그맣게 멀어지고 사라졌다.

이젠 됐다. 곧 나을 거다.

안집 할머니의 말에 나는 돌아섰다. 눈을 감았다가 뜨자 뜨거운 눈물이 주르르 흘러내리고 눈 안 가득한 흰빛의 뜨거움은 사라졌다. 이씨 아저씨의 방 앞 처마 밑에서 새가 시끄럽게 울었다.

부엌문에 붙인 내 얼굴의 눈에 수많은 바늘 자국이 뚫려 있고 까맣게 칠한 눈동자의 한가운데 가늘고 긴 바늘이 꽂혀 있었다.

누나, 아버지가 우릴 서울에 데려갔었지.

우일이가 삐뚜름한 입으로 말했다.

엄마가 집을 나가고 오래지 않아서였을 것이다. 우리는 새 옷을 입고 기차를 탔다. 이른 새벽, 아버지는 기차에서 우유와 삶은 계란, 팥빵을 사 주었다. 아주 오래 기차를 탔다. 기차 안에서 해가 떠올라 퍼지는 것을 보았다. 금방 올 테니 얌전히 있어라. 아버지는 서울에 내려 역 대합실에 우리를 두고 사라졌다. 아주 많은 사람들이 하루 종일 들끓었다. 광장에는 더러운 비둘기들이 떼를 지어 내려앉고 온몸에 쇠사슬을 감은 남자가 약을 팔았다. 그가 으앗으앗 소리칠 때마다 벌거벗은 윗몸의 힘살들이 푸르륵푸르륵 떨며 쇠사슬을 끊었다.

아버지는 돌아오지 않았다. 배가 고프고 겁이 났지만 울지 않았다. 그 자리에 꼼짝 않고 서 있었다. 우일이가 오줌이 마렵다고 했지만 나는 그냥 싸,라고 말했다. 우일이는 바지를 내리지 않고 그대로 서서 오줌을 누었다. 매점 아줌마가 빵과 우유를 주었다. 아버지는 해 질 무렵에야 술 냄새를 풍기며 돌아왔다. 아버지를 보자 우일이는 하루 종일 서 있던 그 자리에서 토했다. 검붉은 것을 한 뭉치 쏟았다. 피를 토했구나. 아버지가 말했지만 나는 그것을 자세히 살펴보고 뭉글뭉글한 팥 알갱이를 가리키며 말했다. 아까 팥빵을 먹어서 그래요.

걸을 수가 없었다. 다리가 돌이 되어버린 것처럼 무겁고 뻣뻣했다. 우리는 지는 해를 보며 다시 기차를 타고 돌아왔다. 우일이와 나는 돌아와서 열을 내며 앓았다.

그때 아버지는 우리를 버리려고 갔던 거야. 누나, 아버지는 나를 내던졌어. 생각나지? 엄마를 때리고 아주 아기인 나를 3층에서 던져버렸어. 그래도 나는 말짱하게 살아났어. 나는 날았던 거야. 떨어지면 죽거든. 나는 그때 벌써 그걸 알았어.

우일이는 점점 더 큰 소리로 시끄럽게 떠들어대고 나는 매일 밤 조금씩 더 집에서 멀어진다.

역 뒤편 거리의 길목은 가로등이 없어 어둡다. 그러나 길가에 잇대어 늘어선 작은 집들은 붉은 등을 달아 아늑하고 포근하다. 유리 안쪽, 분홍빛 천을 드리운 듯한 은은한 불빛 속에 여자들이 곱게 차려입고 앉아 있다. 바깥세상은 보이지 않는다는 듯, 예쁜 여자들은 유리 진열장 속에서 근심 걱정 없이 책을 보거나 조그만 거울을 들고 화장을 한다. 수틀을 들고 색색의 실로 새와 꽃 모양을 수놓기도 한다. 방에는 앙증맞은 커튼이 있다. 백설공주와 일곱 난쟁이 집처럼. 이상한 세상에 와 있는 것 같다. 어둠 속에서 그곳만이 밝고 비밀스러운 향기가 떠도는 것만 같다. 가끔 역을 떠나거나 닿는 기차 소리가 들린다. 막차에서 내린 남자들이 목을 웅크리고 어두운 거리로 숨어들어, 따뜻하고 향기로운 문 안으로 소리 없이 몸을 감춘다.

산 위에 올라가면 먼 길이 보인다. 지구는 아름답고 외로운 초록빛의 작은 별, 해는 둥글고 산은 삼각형, 물은 긴 띠가 되어 느릿느릿 흐른다. 누렇게 물들어 말라가는 나뭇잎들이 가녀린 바람에도 의심 많은 귀처럼 소소소 떨었다. 무언가 깊은 생각에 잠겨 있는 듯한 마른 나무들을 보면 나는 내가 더 이상 자랄 수 없는 나무처럼 자라버린 느낌이 들었다. 벌써 낙엽이 많이 졌다. 우일이와 내가 똥을 누던 자리에도 낙엽이 덮였다. 나는 나뭇잎을 헤치고 그곳에 쪼그리고 앉아 똥을 누었다. 바람 소리가 어쩐지 우일이와 내가 함께 불렀던 노래처럼 들린다. 그 노래가 바람이 되어 부는 것 같다. 우리가 노래를 불렀었던가. 아닐 것이다. 마른 나무 사이로 햇빛이 들고 언뜻언뜻 빛살처럼 빠르게 달려가는 우일이의 조그만 몸이 보이는 것 같았다. 아무도 없는 산이 갑자기 무서워져 달음질쳐 내려왔다.

학교에서 돌아오니 방이 환했다. 창을 가린 보자기가 떨어져 햇빛이 그 애의 푸르게 그늘진 얼굴을 환히 드러내고 있었다. 이불을 들치자 옷에 질척하게 젖은 자국이 넓게 번져 있는 것이 보였다. 나는 우일이의 옷을 벗기고 배설물을 치웠다.

이렇게 아기 짓을 하다니, 창피하지도 않아? 기저귀를 채워야겠어.

내가 큰 소리로 야단을 쳐도 우일이는 못 들은 체 여전히 제 말만 커다랗게 떠들어대었다.

우일이는 아마 날기 위해 배 속의 것을 모조리 비운 모양이었다. 나는 우일이의 몸을 샅샅이 살펴보았다. 손등에 희끗한 얼룩처럼 남아 있는 개에 물린 상처도, 조그만 잠지도 보았다. 온몸으로 푸른 무늬가 넓게 퍼지고 있었다. 팔뚝의 작은 문신에도 푸른 물이 들어 있었다. 침을 맞은 자리도 점점이 파랗게 변했다. 숱 많은 머리털 속, 멍든 듯 부풀어오른 한가운데 조그만 상처가 입을 벌리고 있었다. 그 애의 영혼이, 생명이 빠져나간 자리일까.

나는 이제 알았다. 우주소년 토토가 빛의 아이라는 표지, 둥그런 해무리는 이곳에서 나오는 것일 게다.

발가벗겨진 우일이는 계속 떠들어대었다.

아버지는 엄마를 때렸어. 매일매일 누가 잠든 엄마의 얼굴에 그림을 그렸어.

아버지는 단단하고 둥근 주먹으로 엄마를 때렸다. 가죽 장갑을 끼고 감아쥔 오른손 주먹으로 왼 손바닥을 탄력 있게 치면서 방 안으로 들어서면 엄마는 제발 그러지 말아요, 때리지 말아요, 소리를 지르며 방구석으로 달아났다. 엄마의 비명을 들으면서도 우리는 두 눈을 꼭 감은 채 방 한구석에서 숨죽이고 꼼짝도 하지 않았다.

아버지는 천천히 오랫동안 엄마를 때렸다. 그러면 엄마의 얼굴에는 붉고 푸른 무늬가 생겼다.

아버지가 왜 그랬을까, 누나?

그치라고, 입을 다물지 않으면 때려주겠다고 아무리 으름장을 놓아도 우일이는 말을 듣지 않는다. 이제는 더 이상 알아들을 수 없게끔 커다랗게 왕왕 울려대는 우일이의 말소리가 밖으로 새어 나가지 않게끔 이불을 머리끝까지 덮어씌우고 방을 나왔다.

날이 저물고 있었다. 이씨 아저씨의 방문은 닫힌 채 조용한데 처마 밑에 새장이 걸려 있었다. 아저씨는 어두워지면 새장을 방 안에 들여놓아야 한다는 것을 깜박 잊있나 보았다.

새는 어두워오는 것이 무서운지 문득문득 찌, 찌, 가냘프게 울었다. 곧 밤이 되고 깜깜해지면 우일이가 무서워할지도 몰랐다. 나는 다시 방에 들어가 촛불을 켜서 머리맡에 놓아주었다.

부엌문에 자물쇠를 채우고 돌아서다가 뭔가 잊은 것 같아 잠깐 서 있었다. 부우연 어스름 속 허공에 걸린 새가 또 찌, 찌, 불안하게 울었다. 나는 우일이가 늘 그랬던 것처럼 벽돌장들을 높직이 포개 쌓은 뒤 조심스레 딛고 올라가 새장을 처마에서 떼내어 들었다.

새장을 들고 안마당을 지날 때 교회 여자와 함께 연숙 아줌마를 바퀴 달린 의자에 태우던 안집 할머니가 못마땅한 눈길로 바라보았다. 넌 대체 매일 저녁 어디를 쏘다니는 거냐? 쬐끄만 게 벌써 바람이 드는 게냐? 늬 아버지 오면 죄다 일러줄 테다.

연숙 아줌마는 예쁜 새 옷을 입고 화장을 했다. 결혼식 사진에서 보았던 것처럼 눈썹을 까맣게 그리고 입술을 빨갛게 발랐다. 나를 보고 웃는 얼굴이, 여느 때와는 다른 짙은 화장 때문에 가면을 쓴 것 같았다.

아유, 이렇게 차려입고 화장을 하니 좀 이쁘우? 오늘 우리 전도사님 안수기도 받고 어서 훨훨 걸어야지. 이제 연숙씨는 주님을 영접했으니 영육이 정결한 주님의 신부가 되는 거라우.

교회 여자의 말에 연숙 아줌마가 고개를 끄덕였다.

아니, 그 손에 든 게 뭐냐? 왜 남의 물건에 손을 대는 거지? 이씨가 알면 혼찌검을 낼 거다.

안집 할머니가 소리쳤으나 나는 돌아보지 않고 대문을 빠져 나왔다.

마왕 아고라는 온갖 비열한 흉계를 써서 토토에 대항하지만 결국 마법의 검에 찔려서 죽는다. 그러나 승리의 기쁨도 잠깐, 곧이어 토토도 죽는다. 마왕의 손아귀에서 풀려난 아름다운 리리가 지구로 돌아가게 되자 슬퍼하며 눈물을 흘렸기 때문이다.

토토는 태어날 때처럼 한순간의 섬광으로 사라지고 마왕 아고라와 악마군단 철인간들은 그들의 심장과 허파와 뇌를 이루고 있던 나사못, 톱니바퀴들로 낱낱이 흩어져버리고 만다.

토토가 죽는 순간, 거대한 마왕의 성은 무너진다. 토토의 눈물은 맑은 시냇물로 흐르고, 죽었던 나무와 풀 들은 푸르게 살아나 눈부신 햇빛과 바람에 이파리들을 흔들며 노래 부른다. 언젠가 돌아오리, 우리의 토토. 우주의 천사 정의의 사도여.

새장 속의 새는 그 노래를 따라 부르듯 조그맣게 울었다.

새장은 무거웠다. 한줌 바람처럼 가볍고 작은 새가 들어 있을 뿐인데도 새장을 든 팔이 점점 더 무겁고 뻣뻣해졌다. 나는 새장 속에 새가 아닌, 무거운 돌멩이나 쇠붙이가 들어 있는 것이나 아닐까 의심하며 자주 허리를 굽히고 들여다보았다.

웬 여자가 나를 불러 세웠다. 내 앞을 가로막고 말을 걸었다.

너, 어디 가니? 다 저녁때 새장을 들고…… 오옳지, 새를 샀구나!

나는 그 여자를 빤히 바라보았다. 모르는 여자였다. 흐릿한 기억 저편에서 낯이 익은 듯도 했지만 누군지 알 수 없었다.

누구세요? 왜 그러세요?

너, 우미 아니냐? 한울초등학교 5학년 박우미 아니냐구. 넌 정말 장난이 지나치구나. 어른을 놀리면 못써. 내가 상담어머니잖니?

난 아줌마를 모르는데요.

내 눈앞에 바짝 다가선 그 얼굴이 오래전 달력이나 사진첩에서 오려내고 묻어버렸던 얼굴들과 뒤죽박죽 뒤섞여 구별이 되지 않았다. 활짝 웃던 그 여자의 얼굴이 화난 듯 당황한 듯 어쩔 줄 모르고 이상하게 일그러졌다.

아니 얘가, 얘가…… 네가 정말 박우미가 아니란 말이냐?

저무는 하늘로 작은 새들이 날아가고 있었다. 나는 자꾸 무언가 잊은 것만 같아 문득 멈춰 서서 발밑을 무르춤히 바라보고 두 손을 쳐들어 빈 손바닥을 들여다보기도 했다. 새장을 어디다 놓았지? 새는 어디로 갔지? 사방을 둘러보며 큰 소리로 말해보았지만 전혀 기억이 나지 않았다. 한 걸음씩 내디딜 때마다 어둠은 짙어졌다. 아버지는 이 철길을 따라가면 세상 어느 곳으로도 갈 수 있다고 말했었다. 아버지도 이 길로 떠났을 것이다. 연숙 아줌마의 남편도 연숙 아줌마를 버리고 이 길로 떠났을 것이다. 우일아, 우미야. 누군가 부르는 듯한 소리에 뒤돌아보았다. 철길 둑의 마른풀들이 바람에 서걱거리는 소리, 어둠 속에 낮게 낮게 가라앉으며 흐르는 개천의 물소리에 섞여 그 소리는 들려오고 있었다.

이 세상에 한번 생겨난 것은 없어지는 법이 아니라고, 먼 옛날의 별빛을 이제사 우리가 보는 것처럼 모든 있었던 것, 지나간 자취는 아주 훗날에라도 그것을 기다리는 사람에게 나타난다고 연숙 아줌마는 말했었다.

우주에서 가장 예쁜 사람이 되라고 우미라 이름 짓고 우주에서 제일 멋진 남자가 되라고 우일이라 이름 지어 그렇게 부르던 목소리가 있었다. 그렇게 부르던 마음이 이제사 내게로 와 들리는가 보다.

『새』 개정판을 내면서

1996년도에 초판본을 내고 십여 년의 세월이 지났다. 이 소설을 쓸 당시의 마음이나 한 문장 한 문장 이어가던 기억은 만져질 듯 생생한데 그사이 엄청난 시간이 흘러간 것이다. 개정판 교정지를 보면서 지금이라면 좀 다르게 쓸 것 같은 부분들도 짚어졌다. 그것은 그 세월 동안 알게 모르게 진행되어온, 인생과 문학에 대한 내 사유와 시각의 변화라고도 볼 수 있을 것이다.

이 소설은 불우한 환경에 처한 초등학생을 대상으로 한 자원봉사 프로그램에 참여했던 경험이 동기가 되어 씌어졌다. 소설에서처럼 부모와 사회로부터 보호받지 못하고 유기된 어린 남매를 정기적으로 만나는 일이 내게 주어졌지만 일 년 남짓 계속된 나름대로의 노력에도 불구하고 참담한 실패감만 남았다. 아이들을 만나면서 나는 가녀리고 어린 영혼을 잠식해 들어오는 사악한 기운에 두려움을 느끼기도 했고, 내 안에 깊이 뿌리내린 허위의식이나 세상의 불친절과 거절로 차갑고 기형적으로 단련되어지는 그들의 모습을 속수무책으로 물끄러미 바라볼 수밖에 없는 데 따른 부끄러움을 맛보기도 하였다. 마땅히 받아야 할 사랑과 보호로부터, 존중으로부터 내쳐진 아이들은 문 없는, 단단히 봉인된 방과 같았고, 나는 있지도 않은 문을 찾아 안타깝게 더듬대는 형국이었다. 세월이 지남에 따라 그때의 참담함이나 부끄러움은 많이 엷어졌으나 나 자신이 또다시 그 아이들을 어딘가에 무책임하게 버려둔 듯한 부채감은 그대로 남아 있으면서 내게 이 소설의 뒤를 이어 써야 한다고 부추기곤 하였다.

작가로서 책을 내면서 자신이 쓴 소설에 또 무슨 말을 덧붙이겠는가. 모든 작가의 말들은 이미 소설 속에 다 들어 있을 터, 말미의 이 작은 지면이 나의 궁색한 변명과 췌언을 너그러이 허용하겠다는 출판사와 독자들의 배려로 여겨져 새삼 감사하다.

시간이 지남에 따라 잊히고 사라지기 십상이었을 이 책에 오래도록 애정을 보여주시는 문학과지성사에 마음으로부터 고마움을 전한다.

2009년 11월

오정희

오래전에 쓴 자신의 소설들을 읽는 일에는 어느 정도 용기가 필요했지만 그것은 참 이상하고 특별한 경험이기도 했다. 과거로의 시간 여행인 듯 그 소설들을 쓰던 당시의 주변 정경, 한 문장 한 문장을 마음을 다해 써나갈 때의 정황 즉 생생히 살아나는 나의 모습과, 책을 낼 때마다 후기라는 형식을 빌려 토로했던 도저한 결의와 문학에의 열정, 안타까움 들에 쓸쓸해지기도 하고 미소가 지어지기도 했다. 글을 쓰면서, 글을 읽고 생각하면서, 글로 인해 괴로워하면서 행복하고 고마운 인생이고 세월이었다.

다시 읽어보면서 지금이라면 조금 달리 쓸 것 같은 내용과 표현 들이 더러 짚어지기는 했으나 대체로 그때의 그 자리에 그대로 두기로 했다. 이미 지나온 길이고 그렇게 쓸 수밖에 없었던 당시의 최선을, 나 자신을 인정하자는 생각이었다.

첫 창작집을 낸 이래 오랜 세월 문학과지성사는 늘 내게 정다운 곳이었다. 다만 순정한 마음으로, 따뜻한 배려와 후의에 감사할 뿐이다.

2017년 12월

오정희